冷酷な鬼は身籠り花嫁を溺愛する

真崎奈南

STARTS
スターツ出版株式会社

虐げられてきた娘は、
美しき鬼のあやかしの子を身籠り、大きな愛情に触れ、
溢れるほどの幸せを知っていく。

目次

冷酷な鬼は身籠り花嫁を溺愛する

一幕、美しき鬼

現世《うつしよ》と常世《とこよ》が隣り合わせで、時には交わりながら存在する世界。

人間が暮らす現世には、あやかしたちが霊力の高い人間を捕らえに、曖昧《あいまい》な境界線を越えて常世からやってくる。

捕まるとあやかしに食われると言われていて、様々な妖術を操り優れた能力を持つあやかしを刺激しないように、人間たちは恐れを抱いて生きてきた。

そんなあやかしたちと対話を試みたり、時には敵対したりする役目を担っているのが、陰陽師《おんみょうじ》と呼ばれる退魔の力を持つ者たちで、数ある陰陽師の一族のひとつに浅《あさ》羽《ば》家がある。

しかし、優れた陰陽師を幾人も排出し、並々ならぬ高い霊力を誇示し、その名を轟《とどろ》かせていたのは昔のこと。

権力者たちの屋敷がずらりと軒を連ねる街の中心地の一角に居を構えてはいるが、今はすっかり力が弱まり、現当主は男児に恵まれなかったため後継ぎもおらず、存続の危機に陥っているように周りの目には映っていた。


「もう、信じられない！　この子ったら、本当に役に立たないんだから！」

空高く昇った太陽が傾き始めた時分、和風邸宅の綺麗《きれい》に整えられた広い庭に面した廊下で、甲高《かんだか》く怒鳴りつける声が響いた。

背中を隠すほどに伸びた栗色の髪を怒りで揺らすのは、少し勝気な面持ちではあるものの容姿の整った娘。彼女は自分の足元で土下座をしているひとつ年上の、十七歳の華奢《きゃしゃ》な娘を睨《にら》みつけている。

艶《つや》のない黒髪を無造作に束ねただけの小柄で華のない娘、浅羽美織《みおり》が怯《おび》えたように顔を上げる。

すると、すぐに不機嫌な従妹と目が合い、次の瞬間、頬《ほお》に強い痛みが走った。

反動で横に倒れてから、瑠花に頬をまた叩《たた》かれたのだと、ようやく美織は理解する。

栗色の髪の娘、浅羽瑠花《るか》に、遠巻きに見ている女中たちの視線を気にする様子はない。女中たちもまた、いつものことだといった顔をするだけで、助けに入る素振りすらなかった。

「……も、申し訳ございません」

美織はすぐに体を起こして土下座の体勢へと戻り、唇を噛《か》んで苦痛を耐えしのぶ。

ヒリヒリとした痛みで涙が込み上げてくるが、反発しようという気持ちはまったくなかった。

両親が亡くなり、伯父夫婦のもとに引き取られてから、美織の中にある感情は、常に我慢と諦めのみだった。

女中たちが見て見ぬふりをする中、瑠花の父で、美織の伯父にあたる淳一《じゅんいち》が廊下を歩いてきて、やれやれといった様子で声をかけた。

「瑠花、まだ家にいたのか。尚人《なおと》君に会いに天川《あまがわ》家へ行くのだろう？　約束の時間に決して遅れるなよ」

「それがね、お父様聞いて！　昨日、口紅を買いに行かせたんだけど、この子ったら、色を間違えて買ってきたのよ。信じられない！」

そういうことかと納得して、淳一は短く息をつくと、使えないやつだなと言わんばかりに、じろりと美織を見下ろす。あまりにも冷たい眼差しに、美織は身を竦《すく》め、改めて平伏する。

淳一の口から出た天川家も、陰陽道を司っている一族だ。威厳が落ちゆく浅羽家とは違い、他の追随《ついずい》を許さないくらいに霊力が高く、今現在、陰陽師の頂点に君臨している家である。

天川家の次期当主であり、これからの陰陽道を率いていく存在となるのが天川尚人。そして、霊力を有する家の娘たちの憧れである尚人の婚約者が瑠花だった。

一年前、桜色の口紅をさした時、尚人に「よく似合っている」と褒《ほ》められてから、瑠花は彼に会うたび同じ色ばかりつけていた。しかし前回、それを使い切ったため朱色の口紅を使用したところ、尚人の好みに合わなかったようで、眉をひそめられたらしいのだ。

それを知った淳一は、次からは絶対に尚人の好みの色をつけるようにと瑠花に命じた。浅羽家のこれ以上の没落を食い止めるために、なんとしてでも瑠花を尚人のもとに嫁がせて、力のある天川家と強い繋《つな》がりを得ておくべきだと淳一は考えているのだ。そのためには口紅の色のように些細《ささい》なことだとしても、小さな不安要素もあってはならない。

そんな淳一の執念にも近い思いを重々理解しているからこそ、美織は恐怖に顔を青白くさせながら、土下座を続ける。

確かに昨日、「これと同じ色を買ってきてちょうだい」と貝殻《かいがら》を模した小さな入れ物を瑠花に渡され、美織は口紅を買いに走らされた。

店主に見せるように蓋《ふた》を開けて、美織は残り少なくなっている桜色の紅を指差し、同じ色の物を購入したつもりだった。しかし、今から十分ほど前に、色違いだったことが判明し、美織は瑠花の怒りを一身に浴びることとなってしまったのだ。

(買えたことに安心して、色を確認しなかった私のせいだ)

美織は「申し訳ございませんでした」と謝りたくて顔を上げたが、瑠花と目が合えば心が萎縮し、唇を多少動かすくらいしかできなかった。

すると先ほど同様、不快感を強めた瑠花が身を屈《かが》め、「口答えでもする気なの？

生意気ね！」と美織の頬を平手打ちする。

奥歯を噛みしめて痛みをこらえながら顔を伏せた美織に対して、淳一は忌々《いまいま》しげに冷たく言い放った。

「本当に役立たずな娘だ。無能でもこの家に置いてやっているんだから、しっかり感謝し、我々に尽くすべきだろう。お前など、追い出されれば、すぐにあやかしに食われて終わりだ。お前の両親のようにな。大体、お前の父親は、霊力の高さを鼻にかけて常に傲慢《ごうまん》な態度で……」

淳一の口から飛び出した両親の死因と、とめどなく吐き出される父親の悪口に、美織は心を閉ざすかのように意識を逸《そ》らしていった。

十七年前、父、浅羽宏和《ひろかず》と、母、由里子《ゆりこ》のもとに美織は生まれた。しかし、美織が六歳の時に両親が亡くなり、宏和の兄である淳一のもとに引き取られた。

それ以来、美織はれっきとした浅羽家の人間であるにもかかわらず、ずっと女中として扱われ続けている。

両親のことはあまり覚えていない。それでも、優しく撫《な》でてくれた父親の大きな手の記憶は朧《おぼろ》げにあって、頼りなくも愛されていた温かな記憶が美織の心の支えになっていた。

淳一がひとしきり文句を言い終えてすっきりした顔をしたところで、ぱたぱたと足音を響かせながら、瑠花の母の杏子《きょうこ》がやってきた。

「お待たせ、瑠花。店で口紅を交換してもらってきたわ」

「お母様、ありがとう。おかげで間に合うわ」

瑠花はじゃれつくように杏子の腕を掴《つか》むと、そのまま母を引き連れて自分の部屋へ向かおうとする。

杏子も、あんたのせいで大変な目に遭ったじゃないといった風に美織をじろりと睨みつける。しかし、すぐに表情を和らげ、「でも、この前の朱色の紅も、瑠花にとっても似合っていたわよ」と猫なで声で娘を褒め始めた。

美織は顔を伏せたまま、三人の足音が遠ざかっていくのを待っていたが、そのひとつが途中でぴたりと止まったことで、嫌な予感を覚えつつ恐々と顔を上げる。

目が合った瞬間、瑠花は美織に意地悪く笑いかけ、口を開く。

「今日はあんたに、私の付き人をさせてあげるわ。さっさと準備しなさい」

それは、共に天川家へ行かなくてはいけないということで、天川尚人を苦手に感じる美織にとって、気乗りしない要求だった。

(行きたくない……けど、瑠花の言うことは絶対だもの。我慢するしかないわ)

それでも、自分に拒否権がないことはわかっているため、美織は瑠花に向かって小さく頷《うなず》き返すしかなかった。

天川家は、浅羽家から歩いて十分のところにある。

広い敷地を取り囲む塀に沿って進んでいくと、立派な門が見えてきた。

清楚《せいそ》な桜色の紅をさし、新調したばかりの訪問着を身に纏《まと》った瑠花が、斜め後ろにいる美織へと顎で指示を送る。

鮮やかな花柄が入った淡い桜色の着物を着た華やかな瑠花と違って、美織は薄い小豆色の単色という質素な着物姿だ。

瑠花の求めに応じ、美織は天川家の門を叩いた。

繰り返し叩いていると、やがて脇戸が開き、天川家の使用人らしき年配の男性が、美織に向かって「何用だ」と尋ねた。

「あの……その……」とっさに言葉が出てこない美織は、後ろを振り返りつつ使用人に瑠花の存在を伝える。瑠花は男と目が合うと、にっこりと華のある笑みを浮かべた。

「尚人さんに会いに婚約者が来たとお伝えください」

それを聞いて、男は慌てて門を開ける。瑠花は「ありがとう」と上からの物言いで感謝を述べると、邪魔だとばかりに美織を手で押しやってから、先に門扉をくぐり抜けた。

美織は静かに息をついてから、気が進まない中、瑠花を追いかけるように歩き出す。

(立派で綺麗なお屋敷だけど、ここに来ると鳥肌が立って、不安な気持ちになる……)

美織はまがりなりにも浅羽家の一員であり、多少ではあるが霊力を持っている。

そのため、天川家の敷地内へと足を踏み入れた瞬間、空気が変わったのを感じ取り、わずかに背筋を震わせた。

悪寒は、悪しきあやかしが敷地内に簡単に入り込めぬよう施された結界によるもの。あやかしから敵と見なされている陰陽師たちは、みな同様に霊力を駆使して屋敷を取り囲むように結界を張っているのだ。

しばらく結界の中に身を置くと次第に慣れて気にならなくなるが、美織は天川家の霊力と相性が悪いのか、結界の外に出た後も尾を引き、体調を崩すこともあるため苦手なのである。

長い石畳を進み、屋敷の大きな玄関にたどり着くと、そこから年老いた女中へと案内が引き継がれる。

女中に続いて、これまた長く、ひと気のない廊下を進む途中で、女中がボソボソと話しかけてきた。

「尚人坊ちゃんの支度が整うまで、柊《ひいらぎ》の間でお待ちください」

美織の前を歩く瑠花は女中に返事をすることなく、とある部屋の前でなにかを気にかけるように足を止めた。

美織はそれに気付き、彼女の視線をたどるように顔を動かす。

その部屋は引き戸が半分ほど開いており、板の間の奥には祭壇が見えた。そこに祀《まつ》られているなにかが、主張するようにきらりと輝く。

「……柊の間は、そちらではございません」

女中から少し厳しめに声をかけられ、瑠花は「わかっているわ」と返事をした。

それでも名残惜しそうに視線を送る瑠花の様子に美織は嫌な予感を覚えながら、再び歩き出した女中を追いかけてその場を離れたのだが――。

その嫌な予感が現実のものとなったのは、柊の間に通されて、女中の足音が聞こえなくなった時だった。

「行くわよ、ついてきなさい」

ここで待っていろと言われたのにもかかわらず、瑠花が部屋を出ていこうとする。

勝手に歩き回って大丈夫なのかと心配になるけれど、それを訴えたところで瑠花が素直に聞き入れるわけがない。

「早く来なさいって」という瑠花の要求を跳ね除けるのは美織には無理で、そわそわしている瑠花に続いて美織も柊の間を出た。

辺りをうかがいながら、忍び足でやってきたのは、先ほど瑠花が足を止めたあの部屋の前だった。

「ちょっとでいいの。鬼灯《ほおずき》の簪《かんざし》を間近で見たいって、ずっと思っていたのよ」

瑠花は魅了されたように一点を見つめて、板の間へと足を踏み入れる。わずかに頬を染めた彼女が向かったのは、先ほどきらりとした輝きが放たれた祭壇だった。

美織も鬼灯の簪とはどのようなものなのか気にはなったが、室内に入るのは気が引けて、「素敵ねぇ」とうっとりした声で呟《つぶや》く瑠花の後ろ姿を戸口から見つめる。

しかし、立ち尽くしている美織に気付いた瑠花が黙っているはずもなく、「あなたもこっちに来なさい」とすぐさま命令を下した。

（勝手に入ったら、きっと怒られる）

先ほどこの部屋の前で女中が見せた厳しい面持ちを、美織は思い返す。

なかなか動けずにいると、とうとう「美織！」と苛立《いらだ》った声が飛んできたため、美織は嫌々ながらも板の間に足を踏み入れた。

板の間はさらに強い結界が張り巡らされていたようで、美織は思わず息を呑《の》む。

体感温度が急激に下がり、寒気が止まらない。

それでも繰り返し、近くに来るように呼びかけられるため、美織はなんとか瑠花のそばまで近づいていった。

天井から下げられた小さなしめ縄の向こうに祭壇が設けられていて、瑠花は三宝《さんぼう》の上に置かれた簪に魅了されている。

簪は鬼灯の形をした橙色《だいだいいろ》のガラス玉の飾りがつけられていて、それが光を反射して誘うように輝く。

（とっても綺麗な簪）

美織も目を奪われるも、同時に鬼灯の簪が持つ霊力の凄《すさ》まじさもしっかりと感じ取り、恐れを抱いた。

瑠花は我慢しきれない様子で、ゆっくりと簪に向かって手を伸ばしたが、ふとなにかを思いついたように動きを止め、美織に顔を向ける。

「美織、あなたが取ってちょうだい」

その要求に美織は驚き、怯えた表情で瑠花を見つめ返す。

（……ど、どうして私が。大切に祀られている物に触れるなんて、そんな恐れ多いことしちゃいけない）

そんな一心で美織がぎこちなく首を横に振ると、瑠花がムッと顔をしかめた。

「これはもともと私の物なの。それを天川家に貸しているだけなんだから、手に取って見るくらいなんの問題もないでしょ？」

このような簪を瑠花がつけていた記憶は美織にない。瑠花の私物だったという主張が嘘《うそ》か本当か判断がつかず、それ以上に、正式な手順を踏まずに気軽に掴み取ってしまって本当にいいのだろうかと大きな不安が襲う。

「私の言うことが聞けないっていうの？」

身動きできずにいる美織に対して瑠花は苛立ちを隠さず苦々しく吐き捨てると、いつものように右手を振りかぶる。

叩かれる恐怖に美織は足を二歩、三歩と後退させてから、ためらいを振り切るようにして、鬼灯の簪へと震える体を向けた。

しめ縄の下を一歩一歩踏みしめるようにくぐり抜け、祭壇の前まで勇気を振り絞りながら進み出る。

高い霊力が空気を震わせながら迫ってきたような感覚に襲われ、美織はハッと目を大きく見開いた。

霊力に圧倒されて一気に喉が渇いたものの、禍々《まがまが》しさは一切感じなかったため、少しばかり緊張を解いて、覚悟と共に鬼灯の簪へと手を伸ばした。

橙色のガラス玉が光に反射し、繊細な輝きを放つ。面が多いからか光に濃淡も生まれ、時折、ガラス玉の中で影が揺れ動くようにも見えてくる。

(なんて美しいの。有名な職人さんが作ったものなのかしら。見ていると心が温かくなって、不思議な気持ちになる)

美織は美しい簪に魅入っていたが、不意に触れている橙色のガラス玉からほんのりと温かさが伝わってきた。

驚いて瞬きを繰り返した次の瞬間、瑠花が美織の手から簪を手荒に奪い取り、うっとりとした笑みを浮かべた。

「素敵……ねぇ、どう？　似合うでしょ」

そして、あろうことか綺麗に結った自分の髪に差し込み、満足げにその場でくるりと一回転してみせる。

美織が答えられずにいると、前触れもなく鬼灯色のガラス石にピシリと亀裂が入り、しめ縄から垂れ下がっていた紙垂《しで》がゆらりと揺れた。

カサカサカサと紙が大きく鳴り響いたことで瑠花も異変に気付き、訝《いぶか》しげに室内を見回す。

室内に窓はなく、出入りできるのは自分たちが入ってきた戸口のみ。風が吹き込んできているならそこからしか考えられないが、戸口の真正面に立っているのに風はまったく感じられない。

気味の悪さに言葉も発せられない中で、風が紙垂を切り裂く。続けて、壁に床にと抉《えぐ》るような傷跡をつけた後、半開きになっていた引き戸の扉が切り刻まれ、ボロボロと床に落ちていった。

それはまるで、封印されていたものが解放され、室内を逃げまどってから、外へと出ていったかのようだった。

さすがの瑠花も慌てて髪から鬼灯の簪を外し、不安の表情を浮かべる。

美織もなにが起きたのかわからず、落ち着かないまま室内を見回していると、遠くからバタバタとこちらに向かって走ってくる足音が聞こえてきた。

天川家の人間が、今さっきの気配を察知できないはずはない。

(簪を触ってしまったせい？　私たち、とんでもないことをしてしまったんじゃ)

その足音の慌ただしさに、美織は不安を募らせた。

「ねぇ」

瑠花のあまり聞いたことのないような低い声に呼びかけられ、美織はぎくりと体を竦めて振り返る。

無表情の瑠花と目が合い、嫌な沈黙が落ちて数秒後、瑠花から勢いよく体当たりされ、美織はその場に尻餅をついた。

打ちつけたお尻の痛みより、体当たりされると同時に鬼灯の簪を押しつけられてしまったことに対する動揺が勝りオロオロしていると、板の間に人々が駆け込んできた。

「なにをしている！」

真っ先に飛び込んできたのは、薄茶色の髪に羽織の着物を纏った天川尚人で、その声は怒りで震えていた。

「ごめんなさい、尚人さん。美織が勝手に……私、止められなくて」

すぐさま尚人へ走り寄った瑠花が口にした言葉に美織は唖然《あぜん》とする。

(瑠花、どうしてそんな嘘を……)

瑠花の言葉をそのまま信じた尚人は、震える手で鬼灯の簪を持っている美織を睨みつけた。

美織は瑠花に罪をなすりつけられたのだと気づき、目の前が真っ暗になる。

尚人は美織から鬼灯の簪を奪い取った。簪をじっと見つめたのち、「くそっ!」と怒りを爆発させ、美織の胸ぐらを掴み上げる。

「お前、なんてことをしてくれたんだ。完全に霊力が抜けてしまっているじゃないか!」

私だけのせいではないと美織は必死に首を横に振るが、瑠花を信じきっている尚人にはまったく伝わらない。

「女中ごときが、なんてことをしてくれたんだ」

尚人は怒りをさらに増幅させ、乱暴に美織を突き飛ばした。

床に強く叩きつけられ、起き上がれずにいた美織は、使用人らしき男ふたりに力いっぱい床に押さえつけられ、呼吸がうまくできず朦朧《もうろう》とする。

霞《かす》む視界に、ぼんやりと瑠花の姿が映り込む。彼女は「やだ、女中ですって」と楽しそうに笑っていたが、あまりの苦しさに美織は悔しさを覚える気力すら湧かない。

「霊力がなければ、こんなのただのごみ屑《くず》だ」

尚人が投げ捨てた鬼灯の簪が、ちょうど美織の手元へと跳ねて転がってくる。

橙色のガラス玉が涙で滲《にじ》んで見えたその時、まるで板の間へと駆け込んできたかのように強い風が吹き抜け、美織の前髪を揺らす。

人々が戸惑う中で、風に共鳴するように橙色のガラスが煌《きら》めき始めた。それを目にした尚人は表情を和らげ、再び鬼灯の簪を掴み上げた。

しかしその直後、風は板の間から逃げていき、ガラス玉の煌めきも弱まり、尚人の表情から希望を奪い去る。

「坊ちゃん。それは霊力の依代《よりしろ》でございますゆえ、ぞんざいに扱わぬよう」

尚人の背後へ、柊の間へと案内した老婆がそっと近づき、注意する。

強い風、すなわち霊力を取り戻せなかったことに、尚人は不満のため息をこぼしてから、振り返らぬまま「わかった」と老婆へ返事をした。

そして、鬼灯のガラス石に小さなひびが入ってしまっていることに気付き、苦虫を噛み潰したような顔をする。

「幸いにも、霊力は天川家の結界を破れず、敷地から出られずにいます。取り戻す機会はまだ残って……」

老婆はそこで目を大きく見開き、言葉を途切らせた。表情に動揺を滲ませたのは老婆だけでなく、尚人や美織を押さえつけている男たちもそうだ。

話にのぼった天川家の結界が今まさに破られ、さらに、敷地の中へ入ってきた強大なあやかしの気配を、みなが感じ取ったからだ。

すぐに戦闘態勢をとらなければやられる。そう本能で感じるも、あまりにも強烈な霊力に、体が萎縮し動かない。

そんな中、シャンと錫杖《しゃくじょう》の音が響き、その場にいるみなが頭を押さえて苦悶《くもん》の声をあげ始める。

「頭が割れそう。なんなのよ、この音は」

瑠花も痛みを訴えながら、周りと同じように頭を押さえる。

美織を押さえつけていた男たちもやはり同じで、今や床の上でのたうち回る状態だ。

そんな中、美織だけは違った。男たちから解放され、大きく息をつきながら体を起こす。頭痛はなく、錫杖の音も不快には感じない。

(いったいなにが起きているの?)

まだ陽のある時間にもかかわらず、板の間だけが徐々に薄暗くなっていく。

生まれた暗がりに明りを灯すかのように鬼火が現れ、男たちが引きつった叫び声をあげた。

シャン、シャンと、どこか遠くで鳴り響いていた音が、すぐ間近ではっきり聞こえた。

ボロボロの戸口から見える廊下に、まるで異次元から滲み出てきたかのように、狛犬に似通った二匹の真っ白な大きな獣が姿を現した。

続けて、錫杖を持ち山伏の装束を纏った銀色の髪の青年と、般若《はんにゃ》の面をつけた和服姿の黒髪の男が現れ、板の床を踏む。

「鬼だ……殺される」

美織を押さえつけていたうちの男のひとりが、般若の面をつけた長身の男に対し、顔を青ざめさせた。

尚人が「怯《ひる》むな！」と気丈にも声をあげるが、手が震えているため怯えているのは一目瞭然だった。

「あやかしが、我が天川家になんの用だ」

尚人の問いに答える義務などないというように、鬼はその場にいる者たちを無言で見回す。

面を通して目が合ったのを感じ取ると、みな一様に体を強張らせるが、美織だけはただぼんやりと無感情のまま鬼を見つめ返した。

怖がっている様子のない美織に対して、鬼は面の下でわずかに口元を緩めた。

「そこの男が持っている鬼灯の簪は、俺がかつて気まぐれに幼い娘にあげたものだ。ある賭けをしてな。十年、大切に扱えば、お前の勝ち。俺の霊力の欠片《かけら》ごと簪をお前にやろう。逆に、少しでも傷をつけてしまえば、俺の勝ち。その時は大人しく俺に食われろと」

鬼灯の簪がもともとは瑠花の物だったのは周知の事実だったようで、美織以外の人々が動揺した様子で瑠花へと目を向けた。

「本音を言えば、もう少し肉が柔らかい稚児《ちご》の頃に食いたかったが、まあいい……賭けは俺の勝ちだ。この瞬間を俺は心待ちにしていたぞ」

(あやかしが人間を食べるというのは、本当だったんだ)

美織は恐怖で顔を青くする。

鬼は「ははは」と愉快そうに笑ってから、美織と同じように体を強張らせ、なにも言えない瑠花へと手を差し出した。

「どうした。簪はお前の物なのだろう？　それとも長い間、あやかしの強力な霊力を利用して私利私欲を満たしていたこの家の者が、賭けの勝敗結果も引き受けるか？」

婚約者である瑠花を差し出すか、天川家の人間を差し出すかという選択を鬼に突きつけられ、尚人は自分のそばに近づいてきた瑠花へと苛立った様子で声をかける。

「賭けの話など聞いていないぞ。どうして黙っていた！」

「それは」と瑠花は困った様子で口ごもり、迷うようなそぶりを見せてから、言いにくそうに話を切り出した。

「尚人さん、ごめんなさい。実は……その鬼灯の簪、子どもの頃に私が美織からもらった物だったの」

「なんだって!?」

瑠花のひと言に美織は唖然とし、大きく目を見開く。

(な、なにを言っているの？　あの簪が私の物だったなんて、そんなはずは……)

瑠花からは睨みつけられ、尚人や老婆からも責めるような眼差しを向けられ、美織は動揺でオロオロと瞳を揺らす。

「ひどいわ、賭けのことをなぜ黙っていたのよ！　……もしかして、私にすべてを押しつけるために、簪を渡してきたの？　なんて女！」

瑠花は美織のもとへ近づき、床に座り込んでいる美織に向かって手を振り上げた。叩かれると、思わず身構えた美織だったが、横から伸びてきた錫杖によって、瑠花の手はしっかりと押さえられた。

美織の横にいつの間にか立っていた修験者《しゅげんじゃ》の見た目をしたあやかしに、瑠花は怯えたような顔をしたが、自分には最強の陰陽師として名を馳《は》せる尚人がいることを思い出すと、邪魔するなとばかりに強気に睨みつけた。

しかし、獣のような瞳で睨み返されてしまえば、一瞬にして瑠花の心は恐怖に染まり、小さな悲鳴をあげて尚人のもとへ後ずさっていった。

「と、とにかく、鬼と賭けをしたのは私じゃない、美織なの！　贄《にえ》になるのも、当然美織でしょ？」

「醜い人間が。いっそ全員殺してしまおうか」

喚《わめ》いていた瑠花は、苛立ちのこもった鬼の呟きを耳にすると同時に背筋を震わせ、息を呑む。

瑠花が黙り、凍りついたような静寂に包まれる中、般若の面が、ゆっくりとその姿を捉えるように美織へ向けられた。

「まあいい。確かに、契りを交わしたのはお前ではないからな……こちらにおいで美織」

（なぜ、私の名前を……そんなに優しい声で？）

先ほどは瑠花を「人間」と呼んだのに、と不思議な気持ちになっていく。

それだけでなく、差し出された大きな手に既視感を覚え、美織は戸惑いながら、その手から般若の面へと視線をのぼらせた。

そんな反応を見せた美織に対して、鬼は般若の面を取り去り、自らの顔をあらわにした。

艶やかな黒髪と、端正な顔立ちは人そのものであり、怯えきっていた瑠花すら目を奪われるほどに美しい。

「綺麗」

瑠花がその姿を見つめながらうっとりと呟けば、鬼は煩《わずら》わしそうに顔を歪《ゆが》める。

その瞬間、細めた瞳の瞳孔《どうこう》が蛇《へび》に似たそれに一瞬変化し、瑠花たちは息を呑む。

目の前にいるのはあやかしの頂点に君臨する鬼で間違いなく、見た目の美しさに惑わされてはいけないと恐れで心が冷えていく。

美織がゆったりと瞬きをした次の瞬間、随分と長いこと忘れていた幼い頃の記憶が脳裏に蘇《よみがえ》ってきた。

（瑠花の言ったことは嘘じゃない。この簪は、確かに私がこの鬼《ひと》からもらったもの）

続けて思い出したのは、鬼灯の簪をもらった幼い美織が「ありがとう」とお礼を言った後の、自分に向けられた鬼の優しい微笑《ほほえ》み。

（瑠花にあげた覚えはないけれど、それをどうして、天川家が所持しているのだろう）

美織は改めて、自分へと差し伸べられている鬼の手を見つめた。

（その手を取りたい。私は……彼のもとへ行きたい――！）

込み上げてきた強い思いに突き動かされるように、美織は鬼へと手を伸ばして立ち上がろうとした。しかし、うまく足に力が入らずよろめいてしまい、その瞬間、美織の体を抱きとめるように素早く手が伸ばされた。

驚きと共に顔を上げた美織の目に映ったのは、自分を見つめる美しい鬼の顔だった。

(私を助けてくれた……?)

とっさに自分を支えてくれた鬼から悪意など微塵も感じられず、天川家の人間たちが息を呑む中で、美織は感謝の意を示すように鬼へとわずかに頭を下げた。

鬼は持っていた般若の面をそばにいる狛犬に咥《くわ》えさせてから、美織の細腰に手を添え、自分のもとへと引き寄せた。

「ようやく迎えに来られた。もう決して離しはしない」

鬼と寄り添っているような状況に、恐怖ではなく恥ずかしさを感じ美織が固まっていると、そんな言葉を耳元で囁《ささや》きかけられる。

(迎えに来たって、いったいどういうこと?)

疑問は浮かぶが、それよりも頬が熱くて仕方なく、美織は鬼の顔を直視できない。

「今宵は酒をたっぷり用意するように伝えろ。祝い酒だ」

ちらりと確認するように鬼を仰ぎ見た狛犬の片割れは、了承したようにひと吠《ほ》えして姿を消した。

(お祝い……お酒を飲みながら、私を食べるつもりなんだ)

一転して美織は顔色を悪くさせたが、鬼は至極ご機嫌な様子だ。

そんな鬼に引き寄せられたかのように、鬼灯のガラス石から放たれた霊力が、強い風となって吹き込んできた。

鬼は自分に迫ってきた風を掴み取るような仕草を見せる。そして手のひらを上に向けると、ふさふさの尻尾が九つある黄金色の狐《きつね》が現れた。

「可愛らしい」

思わず出てしまった美織の呟き通り、つぶらな瞳の小さな九尾の狐は、とても可愛らしい見た目をしている。しかしそれだけではなく、体の周囲には光の粒を漂わせているためか神々しい印象も見る者に与える。

霊力の高いあの九尾の狐を調伏《ちょうぶく》し、使役として手に入れたいという野心を尚人の表情から見て取って、鬼はにやりと笑ってみせた。

「よかったな人間の男よ。今の俺は本当に気分がいい。特別にお前と賭けをしてやろう」

鬼がそう言うなり、九尾の狐の周囲に漂っていた光の強さが増し、光の粒子をたなびかせながら、周囲を飛び回り始める。

美織は目で追いかけるが、すぐに九尾の狐は部屋を飛び出してしまい、視界から消える。

「九尾の狐は回収せず、このまま置いていってやろう。三ヶ月だけ時間をくれてやる。

それまでにお前らが九尾の狐を捕らえ、再び鬼灯の宝玉の中へ封じることができたら、あれはお前のものだ」

　賭けの魅力的な報酬に、尚人はごくりと唾を飲み、老婆と視線を通わせる。

「ただし、三ヶ月経《た》っても、捕らえられぬ場合、簪と九尾の狐は返してもらう。九尾の狐を封印できるのは、その鬼灯の宝玉のみ。それ以上傷つけぬように、慎重に扱え」

　鬼灯の宝玉をじっと見つめる尚人の瞳がやる気で満ち溢《あふ》れていくのを目にし、美織はなんとも言えない気持ちになり、鬼は呆れたように笑う。

「まだまだ俺を楽しませてくれ」

　小馬鹿にするようにそう呟いた後、鬼は美織を横抱きにかかえ上げた。突然のことに驚き戸惑う美織に、鬼は美麗な微笑みと共に話しかける。

「帰ろう、俺の可愛い美織よ」

　贄でしかない自分を可愛いと形容されて大きく戸惑うと同時に、再び遠い昔の記憶の欠片が脳裏に蘇ってきた。

　大きな手、大きな背中、優しい微笑み。温かく包み込んでくれる場所。

　心から笑顔になれた、幼い頃の自分――。

　目を大きく開いたまま動きを止めた美織を、鬼は慈《いつく》しむように見つめた後、ゆっくりと歩き出す。

鬼は修験者と狛犬の片割れを引き連れながら庭に出て、月に照らされた池の上で足を止める。

距離を保ちながら、尚人と天川家の人々、そして瑠花もその後を追いかけるように屋敷の外に出てきた。

しかし彼らが瞬きをするほんの一瞬の間に、あやかしたちはその場から姿を消したのだった。

二幕、常世での生活

静かに襖《ふすま》が開いた音を耳にし、美織は目を覚ました。

身じろぎしてからゆっくりと体を起こして、新品の布団から視線を上げた後、十二畳はあるだろう和室を見回す。

すると、部屋の箪笥《たんす》の前にいた瓜《うり》ふたつの女中たちと目が合った。

美織が「……あの……お、おはよう、ございます」と消え入りそうな声で朝の挨拶をすると、ふたりは揃《そろ》って美織に笑いかける。

「美織様、おはようございます！」

「私たちうるさくて起こしてしまいましたよね？　ごめんなさい！」

気遣いの言葉に、美織は慌てて首を横に振る。

なにか手伝わなくてはという思いに駆られ、布団から出ようとしたが、目眩《めまい》に襲われて途中で動きを止める。

するとふたりが「大丈夫ですか？」と心配そうに近づいてきて、美織は弱々しく微笑み返した。

美しき鬼に連れられて常世に来てからちょうど一週間が経った。

三日も持たずに自分は贄として食われるだろうと美織は考えていたが、今もこうして生きている。それどころか、衣食住不自由なく、さっきのように気遣われることばかりで、大切な客人みたいに扱われていることに戸惑ってばかりいた。

「少し顔色が悪いですね」

「まったくあんたってば、近づきすぎだよ。美織様が困っているじゃない！」

眉をハの字にさせた愛嬌《あいきょう》ある丸顔の女中が、美織に顔を近づける。驚いた美織が後ろへとわずかに身を引くと、見た目そっくりのもうひとりの女中がすかさず注意し、引き離しにかかる。

美織のお世話係としてそばにいることが多いのは、目の前にいるふたりだ。

丸顔でちょっぴり垂れ目、おっとりとふくよかな女中たちは、共にフッサフサの焦茶色の太い尻尾があり、名前をハルとアキという。

最初の顔合わせの時に、「私たちは狸《たぬき》のあやかしです。見た目はそっくりですが、尻尾の縞《しま》模様の色合いで見分けてくださいな」と言われている。そして四つ子のうちのふたりなのだということも教えてくれて、「困ったことがあったら、私どもに遠慮せずなんでも言ってください」と笑顔で申し出てくれたのだ。

これまで自分に冷たく接してきた人間より、怖い存在だと聞かされ続けてきたあやかしたちの方が温かい。そう実感はしても、油断すればあやかしたちは表情を一変させ、牙《きば》をむくかもしれないと、美織は気を許すことができなかった。

しかし一週間経っても、女中ふたりは口喧嘩《くちげんか》はしても、美織に対して嫌な顔などまったくせず、大切な客人として労ってくれる。

優しげに目を細めて微笑みかけてくるふたりに、徐々に美織の中で警戒心が溶け始めていた。

「体調は平気です。……あの、ありがとうございます」

美織はふるふると首を横に振ってから、ハルとアキに小さく頭を下げる。それから、ふたりと目を合わせられずに視線をさまよわせた後、俯《うつむ》く。

(よくしてもらっているのだから、笑みのひとつでも返せたらいいのに……)

そう思うが、顔が引きつってしまいうまく笑えない自覚があるため、結局美織は癖《くせ》のように下を向く。

ハルが「あらやだ、礼には及びませんよ」と美織に笑いかけると、アキは「さてさて」と呟きながら先ほどまでいた箪笥へと舞い戻って、明るく弾むような声で話しかけた。

「美織様、本日のお召し物はこちらの水色の衣でいかがでしょう？　昨日の桜色も素敵でしたが、こちらもよくお似合いになると思いますよ」

箪笥の中から丁重に取り出した着物を見せられ、美織は少しばかり唖然とする。

「……そ、そのような上等な物を、また私が着ても、本当にいいのですか？」

昨日着た可愛らしい小花柄が入った桜色の着物も、今まで自分が触れたことのないようななめらかな肌触りで、無知な美織でも上等な物だという判別はできた。

今身につけている薄黄色の寝間着や眠っていた布団までも、おそらく同様に上等な代物《しろもの》で間違いないだろう。

おどおどしている美織に対し、ハルは「うふふ」と笑って手を差し伸べた。

「その箪笥に入っているものは、すべて魁様《かい》が美織様のために用意されたものですよ。さあ、お着替えといきましょうか」

美織は聞いた言葉にキョトンとした後、ハルの手を借りて、ゆっくりと布団から立ち上がる。そして、着物を衣桁《いこう》にかけてから、腕まくりをして待ち構えているアキのもとへと静かに向かっていった。

魁というのは、美織を常世に連れてきた、あの美しい鬼の名前だ。

常世に着いてその晩、晩酌をする魁の隣に美織の席が設けられた。

ふたりきりで向かい合い座る中、魁の前には酒が、美織の前にはひとりでは食べ切れないくらいの豪華な食事がどんどん並べられていき、美織はその光景にしばし唖然とする。

食事に毒が入っているのではと考えるが、促されて食べたそれらはただただ美味《おい》しく箸が進むばかりで、美織はお腹がいっぱいで苦しいという感覚を久しぶりに味わった。

それから、ハルとアキを含む女中たちが「めでたい」と楽しそうに踊り始めた。

あまりにも嬉《うれ》しそうにはしゃぐため、たとえ自分のような肉付きが悪い者でも、贄として人間がやってきたことは喜ばしいものなのかと、美織はずっと顔を強張らせていた。

しかしそれらを見ているうちに、疲れが出たのかその場で眠ってしまい、翌朝目覚めると、まだ手足を食いちぎられていないことに驚き、ホッとした。

同時に、そこが立派な和室で、柔らかで汚れひとつないふかふかの布団に寝かされていたことを知る。

物置小屋に放置されてもおかしくないのに、むしろ伯父の家よりもよい待遇を受けていることに理解が追いつかず、しばらく動けなかったのだ。

そうこうしているうちにハルとアキが部屋にやってきて、楽しそうに世話を焼き始めた。

時折、「大きくなられて」と懐かしむような言葉を呟かれて不思議に思うも、着替えた薄緑色の着物の上等さに一瞬で戸惑いに包まれる。

動揺と混乱でめまいを覚えつつも、美織は縁側に立って庭を眺めていた魁のもとへ連れていかれる。

目が合った瞬間、いよいよ食われる時がきたのだと緊張と恐怖でガチガチに固まった美織に、魁は「庭に下りるぞ」と声をかけた。

庭に下りた魁に続くように、美織も用意されていた草履《ぞうり》を履く。先を歩く魁の大きな背中を追いかけて、砂利道に設けられた飛び石を踏んで進んでいく。

（ついていった先で、私は食われてしまうのね）

表情は強張り、足は震えるが、それでも美織は立ち止まらない。

（現世に戻って瑠花に叩かれながら生きていくより、いっそここでひと思いに食われてしまった方が幸せかもしれないわ）

諦めの気持ちと共に前へ前へと足を踏み出していたが、松の木の下に置かれた木桶《きおけ》に気付き、美織は思わず足を止める。

たっぷりの水が張られたそこで、二羽の小鳥が水浴びをしている。水を跳ねさせながら楽しそうに遊んでいる姿がとても微笑ましく、わずかに表情を和らげた。

しかし、魁から視線を感じ、すぐさま美織は顔を青くする。勝手に足を止めたことに対し「申し訳ございません」と謝罪の言葉を口にしようとしたが、目に映った魁は穏やかな面持ちで自分を見つめていて、美織は面食らう。

小鳥たちもどこかに飛んでいってしまったため、美織は視線を泳がせてから、魁に向かって歩き出すと、彼も身を翻《ひるがえ》して先へと進む。

続いて差しかかった小さな橋で、澄《す》んだ小川の中で気持ちよさそうに泳ぐ魚に気をとられ、再び美織が足を止めた際も、魁に不機嫌な様子はなかった。

彼は美織の様子を眺めては、感情を荒立てることもなく、再び歩き出すのを待っている。

のんびりと小道を進むうちに、美織はあることに気が付き、不思議な気持ちで斜め前を歩く魁へと視線を向ける。

(もしかして、私に合わせてくれている？)

興味が赴くままに美織が足を止めれば、彼も立ち止まる。それだけでなく、歩く速さも美織に合わせてくれている。

彼の自分への丁寧な接し方に戸惑っていると飛び石に躓《つまず》き、美織は「きゃっ」と小さく声をあげる。

転びそうになるものの伸ばされた魁の手に救われ、美織は抱き寄せられた状態で彼を見上げた。

「あ、ありがとうございます……魁様」

感謝の言葉に続いて、美織が勇気を振り絞るようにしてその名を口にし、魁が嬉しそうに微笑みを浮かべる。

「悪くない」

美しくも艶めいた笑みから美織は目が離せずにいると、魁が風でわずかに乱れた美織の前髪を指先で整えるようにして触れる。

優しい触れ方に自然と顔が熱くなり、無性に気恥ずかしくなった美織は魁から視線を逸らした。

そんな態度をとっても、魁に気にする様子はない。「この先に彼岸花がたくさん咲いている。圧巻だぞ」と美織に話しかけ、先を促すようにして一歩二歩と歩き出した。

そうして美織は魁と共に歩を進め、見事に咲き誇っている彼岸花に「すごい」と感嘆の声を漏らし、のんびりと歩き回った後、屋敷に戻ったのだった。

美織は部屋に戻ったところで、ようやく魁が庭を案内してくれたのだと理解し、拍子抜けする。

(食われると思っていたのに……どうして私に優しくしてくれるのかしら。あやかしなのに魁様は怖くない。それどころか、微笑みも眼差しもとってもお優しい)

胸に手を置き、まだ脈打つ鼓動を感じながら、美織は不思議な気持ちで魁の姿を思い描いたのだった。

美織の装いを整えている途中で、ハルがうっとりと呟く。

「美織様、水色の衣もよくお似合いですね。本日の宴会も、やっぱり美織様が主役だわ」

「……あのっ、今日も宴会を？」

「はい。魁様はまだまだみなに美織様を自慢したくて仕方がないのですよ」

昨晩も宴会が盛大に催されたため、美織は思わずハルの言葉に反応してしまったのだが、続いた「自慢したくて仕方がない」という微笑みながらの呟きに、戸惑いが大きく膨らむ。

美織が黙り込んでいる間に、ハルとアキの手によって手早く着飾られていく。

部屋にいる間も着替えを終えて廊下に出てからも「お可愛らしい!!」とずっと褒め讃えられ、さすがの美織も「……そ、そう見えるなら、おふたりのおかげです」と、綺麗に編み込まれた髪に触れながら気恥ずかしそうに足を進めた。

ふと廊下の先から賑《にぎ》やかな声が聞こえてきて、無意識に美織は前方へと目を向ける。

気にかけている様子の美織に気付いたアキが苦笑いで答えた。

「今日はもうすでに宴会が始まっておられるのですよ」

「……そ、そうなのですね」

（まだ朝なのに？）

という疑問までは口にせずに、美織は小さく頷いた。すると、ハルがにっこりと笑う。

「美織様がやってこられただけでこの騒ぎですもの、これで魁様の赤子を身籠《みごも》ったらさらに大騒ぎになりますよ」

「みっ、身籠る？」

「その時は、私どもがしっかりと美織様の体調管理をせねばなりませんね。もちろん、今も無理はいけませんよ。おつらい時は遠慮なくおっしゃってくださいましね！」

「……は、はい」

念押しの圧に押されて反射的に返事をしてしまったが、美織の心の中では動揺と混乱が嵐の如く吹き荒れている。

（贄として連れてこられた私が、なぜ魁様の赤子を？）

あやかしたちの考えがわからず強張ってしまった自分の顔を見られたくなくて、美織は顔を俯かせたまま歩き続けた。

廊下を進むと、やがて宴会の会場となっている大広間にたどり着く。

そこでは大勢の者たちが賑やかに酒を飲み、食事やお喋りを楽しんでいた。見た目は人間とあまり変わらないが、笑うと牙が見えたり、立ち上がると尻尾がある者もいるため、みんなあやかしで間違いない。

廊下から縁側へと抜けて、騒がしい大広間を右手にしつつ、上座にいる彼のもとに向かって、まだまだ美織たちは進んでいく。

すると、あやかしたちの中には美織が来たことに気付く者も現れ、ちらちらと視線をよこしてくる。

獣が獲物を狙うかのような眼光の鋭さを感じ取ってしまえば、ここで大勢のあやかしたちが一気に襲いかかってきたらと嫌な想像を掻《か》き立てられて、美織は恐怖で背筋を震わせた。

ようやく縁側の突き当たりまで来て、そこから大広間の畳の間へと緊張と共に足を踏み入れた。目の前にはくつろぐようにして座っていた魁がいる。

腰まで長い艶やかな黒髪を後ろで束ね、血が通っていないのではと思えるくらいに美しい白い肌、長いまつ毛に吸い込まれそうなほど漆黒《しっこく》に染まった瞳。目の前の大皿に載った小さな赤い果物へと伸ばした手も長く、指先で摘《つま》む所作さえ美しい。

「魁様、美織様をお連れしました」

ハルとアキは魁に向かって揃って頭を下げてから、美織の後ろへと下がっていく。

美織はひとり取り残された気分になり、おどおどした様子で何度かハルとアキを振り返った。

魁は果物を口の中に放り込んでから、まるで目で花を楽しむかのように美織を見つめる。

「よく似合っているぞ、美織」

満足そうに口角を上げた魁を見て、美織は面食らった顔をした後、頬を赤く染める。

続けて魁は、自分のそばにある座布団をポンポンと叩いた。

「美織、ここに座れ。八雲《やくも》が横笛を披露してくれるそうだ」

宴席には交ざらずに、魁の後方で正座をしていた山伏姿で銀髪の青年が、無表情のまま軽く美織に会釈する。

彼は、魁が美織を常世に連れ去ったあの時に、行動を共にしていた男で、天狗《てんぐ》だとハルたちから聞いている。そして、彼の手には錫杖ではなく黒い横笛が握りしめられている。

（こんな間近で聴かせてもらっていいのかな？）

そう戸惑うものの好奇心には勝てず、美織は緊張気味に魁のそばへと歩み寄り、ちょこんと座布団に正座した。

「久しぶりに吹くので、お聴き苦しいかもしれませんけど」と淡々と前置きしてから、八雲は横笛を構えた。

厳かに、そして優雅に音色を響かせながら、八雲が奏で始める。

時折目を閉じながら、心に染み渡る音色に耳を傾けていると、不思議と前にも聴いたことがあるような気持ちになる。

キョトンとした顔で八雲を見つめていると、魁から小声で問いかけられる。

「どうした？」

「あの……なっ、なんでもありません」

覚えた既視感は、八雲が横笛を吹いてくれている今この時に話すほどのことではないと考え、美織は小さく首を振って答えた。

八雲の笛の音に、みなが耳を傾ける。

吹き終えた彼が笛を下ろし、小さく息を吐くと同時に、一斉に拍手が湧き起こる。

もちろん美織も一緒になって手を叩いた。

頃合いを見計らったかのように、美織の目の前に刺身の舟盛りが運ばれてくる。女中たちに促され箸を持つが、あまりの豪華さに圧倒され、美織は目を丸くしたままそれを見つめ続けた。

そんな美織に、魁は微笑みながら再び問いかける。

「魚は嫌いか？」

「そんなことは……ただ豪勢すぎて」

「食べにくいなら、俺が食べさせてやろう」

「いっ、いえ。大丈夫です」

魁からにやりと笑いかけられ、美織は頬を赤らめながら焦り口調で言葉を返す。

すぐに刺身を口に運べば、脂が乗っていて甘みもあり、新鮮な美味しさに美織はまた目を丸くする。

「かっ、魁様、とても、美味しいです」

美味しすぎて唖然としている美織を、魁は愛おしげに見つめながら、そっと顔を近づける。

「好きなだけ食べろ。お腹がいっぱいになったら、この前のように寝てしまってもいい。また俺が運んでやる。ただし、運ぶ先は俺の部屋かもしれない。その時は俺と褥《しとね》を共にすることになるだろうな」

「しっ、褥を、共に……？」

美織が混乱の眼差しで魁を見つめ返すと、まるで悪戯っ子のように彼がにやりと笑いかけてくる。

（今のは冗談、よね？）

からかわれたと思う一方で、着替えている時にハルが「身籠る」という言葉を口にしていたこともあり、美織はまさかという気持ちになっていく。

（私は贄というよりも、世継ぎを産むために連れてこられたの？　……私が、かっ、魁様の赤子を身籠る!?）

驚きと共に、気恥ずかしさが込み上げてきて、おもむろに視線を逸らした美織に、魁は慈しむ様に目を細めた。

「その反応も愛らしい」

言うなり、美織の頬へと魁が軽く口づけ、それによって美織は顔を赤くする。

魁と美織のやり取りを見ていたハルとアキを含む女中たち数人が笑顔で八雲を取り囲み、再びの演奏をお願いする。

八雲はげんなりした顔をするものの、女中たちに食い下がられ、大きなため息をついてから、先ほどよりも明るい調子の曲を奏で始める。

女中たちが思い思いに舞い踊りだせば、それを見ていたあやかしたちも合わせるように拍子を打ったり、掛け声をかけたりした。

あやかしたちが盛り上がってきた時、大広間に「失礼する」と低い声が響き、背の低い老人を先頭に数名のあやかしが入ってきた。

魁は目線だけ老人へと向け、八雲は音色を途切らせると口から横笛を外す。

音色が消えたことで、女中たちは動きを止めて横へと引き、あやかしたちも押し黙る。静まり返ったぎこちない空気の中、「朱蛇様《しゅじゃ》」と誰かの戸惑いの声がぽつりと響いた。

「喧嘩を売りに来たわけじゃない。ようやく魁殿にお相手が見つかったと聞いて、呼ばれてはおらぬが、祝いの言葉のひとつでも述べさせてもらおうと思ってな」

朱蛇と呼ばれた老人は変わらず堂々とした足取りで魁の前まで進み出ると、気だるげに自分を見上げてくる魁を見つめ返して小さく笑う。

「相変わらず、小生意気な顔をしよって」

「そんなのお互い様だろ」

朱蛇と魁は共に半笑いで毒づく。声こそ攻撃的なものではないが、気安い空気感でもないため、場の空気は張り詰めたままだ。

美織は目の前に現れた朱蛇の持つ霊力の圧に息苦しさを覚え、体を強張らせた。

そしてそれは美織だけでなく、周囲に座していたあやかしたちも同じで、朱蛇に対して萎縮しつつ、自分の座る場所を開け渡そうと動き出す。

朱蛇は「挨拶が済んだらすぐに退散するゆえ、そのままで」とあやかしたちに声をかけた。

美織にはあやかしの関係性はわからないが、これまで目にしたものを振り返れば、魁があやかしたちを率いていけるくらい上位の存在であるのは判断できた。

そしてきっと朱蛇もまた、魁と並ぶくらいに力を持った存在なのだろうと容易に想像がつく。

「……その娘、どこかで目にした気がするな」

朱蛇はちらりと美織を見てから、「はて、どこだったかな」といったように魁に疑問の眼差しを投げつける。

しかし、魁はそれに答える気がないようで涼しげな顔で聞き流した。

朱蛇の後ろで控えているあやかしたちは、魁の態度が気に障ったらしくわずかに眉を寄せるが、だからといって魁に歯向かうつもりはないようで言葉には出さない。

朱蛇は「まあいい」と思い出すのを諦めた様子で息を吐き、改めて美織を見た。

視線に射すくめられ、ゾワリと背筋を震わせると、美織の手の上に魁の大きな手が重ねられた。その手の温かさに心が解き放たれた気持ちになり、安心感に包まれる。

「儂《わし》は嫌だが、魁殿の霊力は平然と受け入れるか。確かに、魁殿の相手となれる器のようだ」

その言葉で、朱蛇は祝いの言葉を述べるつもりではなく、美織を見定める目的でここにやってきたのが明らかとなる。

周囲に動揺が走る中、魁だけはそんなことだろうと思ったと言わんばかりに、「ふん」と鼻で笑う。

朱蛇に「魁の相手となれる器」と断言されても、美織は戸惑いと疑いしか抱けない。

自然と視線を下げていく美織を朱蛇はじっと見つめながら、淡々と述べた。

「しかし、顔色が悪いな。ただの人間に常世の空気は毒だ。このままでは死ぬぞ。早く現世に帰してやれ」

死の宣告よりも「現世に帰してやれ」というひと言に、美織は思わず息を呑む。

(現世には……もとの生活には、もう戻りたくない)

湧き上がった強い望みに美織の手が震えると、すぐに魁が手を握りしめてくる。

「俺は美織を手放すつもりはない」

力強い魁の言葉と手の温もりに再び美織はホッとし、肩の力をわずかに抜く。それを見つめながら、朱蛇が諦めたかのようにため息をつく。

「そうか。帰す気がないなら、早く身籠らせてやるべきだな。それもそれで困難がつきまとうが……最悪、食らってやった方が娘にとっては幸せかもしれんな。中途半端に変化した自分に絶望する可能性がある以上」

（早く身籠らせてやるべき？　……中途半端に変化した自分？　……それってなにを意味しているの？）

単語単語は聞き取れてもうまく理解できず、美織はみなの表情をうかがう。

魁は朱蛇を見つめる眼差しを徐々に険しくさせていき、美織の後ろに控えるハルとアキは信じられないといった様子で身を寄せ合っていた。

「魁殿の霊力と相性のよいその娘の肉には、興味がある。その時は呼んで……」

「黙れ。まだ続けるなら、その首を掻っ切るぞ」

魁が怒気を孕《はら》んだ声で唸《うな》るように告げた。

一瞬にして場に満ちた殺気に、朱蛇の連れのあやかしたちは主《あるじ》を守るように前に出たが、その表情は明らかに恐れ慄《おのの》いている。

朱蛇は自分の盾となっているあやかしたちに下がるように手で合図を送り、再び口を開く。

「魁殿よ、怒るでない。老いぼれのただの冗談だ……そなたらにとって、うまくいくよう願っておる」

呑気《のんき》に笑い声まで響かせた後、「失礼する」と興味が失《う》せたように素っ気なく呟いて、朱蛇は身を翻す。そして来た時と同じように足音も立てず、あやかしたちを引き連れて大広間を後にした。

朱蛇の登場で場が白けてしまい、宴会はすぐにお開きとなった。

あやかしたちが退室した後、美織も大広間の片付けを手伝おうとするものの、ハルとアキによって「ゆっくり休んでいてくださいな」と自室に連行される。

廊下を歩きながら、美織はふたりに常世のことを教えてもらった。

常世では、霊力の高いあやかしを当主として、いくつかの派閥が存在する。今美織が身を置いているのは言わずもがな鬼のあやかしである魁を頂点とした派閥で、宴会に顔を出したのは蛇のあやかしである朱蛇と、朱蛇の一派の者たちだ。

魁はその強さから他の派閥に一目置かれていることや、魁の派閥ほど統制が取れている派閥は珍しく、だからとても居心地がよいのだということを、ふたりは美織に話してきかせた。

（魁様のそばは確かに居心地がいいもの。瑠花たちとの生活と比較するから、余計にそう感じてしまうのかもしれないけれど）

自室に戻った美織は円窓へと歩み寄り、庭を駆け回る狛犬たちを見つめながらそんなことを考える。

少しばかり熱い額にそっと手を当てて、美織は気だるさを吐き出すかのように深く息をついた。

常世に来てからずっと、ハルとアキに身の回りの世話をしてもらっているため、体力的にまったく無理はしていないのに、体調はあまり芳《かんば》しくない。

居心地はよくても慣れない環境だから気疲れしているのかと考えていたが、今さっきの朱蛇の「ただの人間に常世の空気は毒だ。このままでは死ぬぞ」というひと言が妙に腑《ふ》に落ちてしまった。

この屋敷ではあやかしがたくさん仕えているが、美織は自分以外の人間を見ていない。

（常世で人間は生きていけないのかもしれない。このままでは、私もきっと死んでしまう。けど……）

朱蛇は、「早く身籠らせてやるべき」とも言っていた。

（魁様の子どもを身籠ることができたら、私も常世で生きていくことができるの？）

いくら考えても美織に答えはわからず、小さくため息をつく。

ふと、手桶を持った女中が忙しそうに庭先を走っていくのを視界に捉え、自分ばかりのんびりしている状況に居たたまれなくなる。

伯父の家では、少しでもぼんやりしているのを見られようなら、「穀《ごく》潰しが」と罵《ば》倒《とう》され続けてきたため、いまだになにか仕事をしなくてはという強迫観念に襲われる。

（皿洗いでも、大広間の掃除でも、廊下の雑巾がけでも、なんでもいい。やっぱり私もなにか手伝わせてもらおう）

美織はそそくさと部屋を出て、ハルとアキを捜しながら廊下を進み出す。

襖の開いた部屋の前を通り過ぎようとした時、耳が物音のようなものを捉え、美織は思わず足を止めて、恐る恐る室内を覗《のぞ》き込む。

そこは物置らしい。それほど広くない部屋の中に、竹を編んで作られた大きな葛籠《つづら》が整然と並べ置かれている。

自然と美織の目は、葛籠と葛籠の間にある観音開きの鏡台へと向けられる。

耳にした物音はどうやらそこから発せられているようで、美織は不思議な気持ちでそれをじっと見つめた。

扉はわずかに開いていて、その隙間から覗く鏡の中でなにか影のようなものが動き、美織は息を呑む。耳を澄ますと聞こえてくる声はあまりにも楽しそうで、それを聞いているうちに頭がぼんやりし始める。

微熱のせいか、はたまた心が魅せられているのか、美織は引き寄せられるように室内に入り、少しばかり足をふらつかせながら鏡台へと進んでいく。

そっと扉に触れて手前に引いた瞬間、美織はぎくりとして顔を強張らせた。

鏡に映り込んでいたのは、美織のよく知った後ろ姿だった。そして、今までただの音でしかなかったものが、はっきりとした声になって美織に迫ってくる。

「きっとあの子、もうあやかしに食われているわね」

それは現世にいるはずの瑠花だった。名前を呟こうとしても声も出せないまま鼓動だけが重々しく鳴り響く。

「でもし、しぶとく生き残って現世に逃げ帰ってきているような噂《うわさ》を耳にしたら、絶対に捕まえてちょうだい。あの子が勝手に簪を取ったせいで霊力を戻せなくなってしまって、私が尚人さんに怒られたのよ。鬼と賭けをしていたことを言わずに、私に簪を押しつけてきたことも絶対に許さない。懲らしめてやらないと気が済まないわ」

瑠花から吐き出される毒のような言葉を浴び、美織は恐怖で呼吸がうまくできなくなる。

再び瑠花に会おうものなら、今まで以上につらい目に遭うだろう。

「……いや……」

美織がゆるりと首を横に振りながら泣きそうな声で呟く。

すると、まるでその声が聞こえたかのように、瑠花が不思議そうな顔で振り返った。

美織はとっさに両手で口を塞《ふさ》ぎ、震える足で鏡台の前から後退していく。

部屋から廊下に出たところで美織はなにかにぶつかる。美織がその場に尻餅をつくと同時に、「ひゃあ」といった女性の小さな悲鳴と、手桶から水がこぼれ落ちる音が響いた。

水浸しになってしまった廊下を目にし、一気に美織の顔から血の気が引いていく。

(伯父さんと伯母さんに怒られる。瑠花にも叩かれる……わかってる……それもすべて、役立たずな私が悪いんだって)

即座に美織の思考を仄暗《ほのぐら》い感情が埋め尽くす。

「ごめんなさい、ごめんなさい」と美織は目の前にいる人に対し、震えながら謝罪を繰り返す。そして、相手の手が動くと、美織は叩かれると感じて両手で頭を隠す。

「どうかお許しください、お願いします」

美織の小さな懇願の声に重なるように、力強い足音が近づいてくる。

わずかに顔を上げたその瞬間、大きな温もりに体が包み込まれた。

「誰ひとり、お前を責めていない。危害を加えるつもりもない」

しっかりと抱きしめられ、優しく頭を撫でられたところで、ようやく美織は周りが見えてくる。

自分がぶつかってしまった相手はハルで、足元を濡らしているハルはもちろんのこと、その隣にいるアキも心配そうにオロオロと美織を見つめている。

他にも、戸惑うように美織を見ている女中たちや、反対に冷静な面持ちの八雲の姿もあった。

「大丈夫だ、大丈夫」

「……魁様」

美織は視線を上げて、自分を抱きしめてくれている魁としっかり視線を通わせる。

心地よい低い声と、染み入るように伝わってくる温もりが美織の心を落ち着かせていく。

美織は深呼吸してから、ハルへと顔を向けて、謝罪の言葉と共に頭を下げた。

「ハルさんの足元、濡れてしまって、ごめんなさい」

ハルはとんでもないといった顔で、すぐさま美織のそばに寄る。

「こんなの放っておけば勝手に乾きますから、お気になさらないでくださいな。それより、美織様は大丈夫ですか？　ぶつかってはね飛ばしてしまいました」

心配し慌てふためいている様子のハルに、美織は「平気です」と答え、ぎこちなくも笑みを浮かべた。

そして、今度は自分を支えてくれている魁を見上げて、同じように頭を下げる。

「ありがとうございます」

魁から返された微笑みに、美織は心を掴まれる。美しいだけでなく、とても温かで、思わず美織の目に涙が浮かぶ。

（このまま私を、魁様のおそばに置いてもらえないだろうか）

そう望んでしまえば、苦しいほどに美織の胸が締めつけられる。

（魁様は、私をどうするおつもりなのだろう）

もし、魁が自分を現世へ帰す気持ちでいたらと考えた途端、美織の心の中で恐れが再び顔を出す。

現世に戻った後、伯父家族に見つかってしまったら、今までとは比べられないほどのつらい日々となるだろう。

帰りたくないと、心の底から強く湧き上がってくる思いを魁に訴えかけようと口を開くも、怯えや不安も大きく膨らみ、言葉が喉に詰まって出てこない。

（無様な泣き顔だけは見せたくない）

魁の姿が涙で滲むが、感情をひたすら押し殺して、泣かないように必死にこらえた。

そんな美織を魁は改めて抱きしめた。数秒間だけ目を閉じた後、静かな面持ちで口を開く。

「美織にいいものをあげよう。おいで」

それだけ告げた後、魁は美織から体を離し、立ち上がる。美織も、差し出された魁の手を借りつつ立ち上がって、彼に手を引かれる形で歩き出した。

美織は魁とふたりで廊下を奥へ奥へと進み、離れへと繋がる渡り廊下を抜ける。渡り廊下の両脇には手入れの行き届いた日本庭園が広がり、向かって右手に砂模様が見事な枯山水が、左手には岩や苔《こけ》で趣《おもむき》のある立派な円形の池があり、大きな鯉《こい》が何匹も泳いでいるのが見えた。

屋敷の喧騒《けんそう》から切り離されたように静寂に包まれた離れは魁の生活の場となっていて、居間、寝室、茶室まで揃い、ゆったりとした広さを誇っている。

そのすべてが凛《りん》とした空気で満ち溢れていて、背筋が伸びるような気持ちで美織は歩を進めていく。

居間に入ると、小さな囲炉裏《いろり》のそばに置かれているふかふかの座布団に座るように、美織は魁に促される。

美織は頷いてから、ふたつあるうちのひとつにぺたりと座り込む。

すると少しばかり気が抜けたのか、思い出したように気だるさが湧き上がってきたため、重苦しく感じる頭をそっと右手で押さえ、息をつく。

視線を感じて顔を上げると、もう片方の座布団へ腰を下ろした魁から様子をうかがうようにじっと見つめられていることに気付く。

具合の悪さを指摘され、「現世に帰れ」と言われてしまうような気持ちになり、美織は不安から狼狽《うろた》えた眼差しを返す。

「……あの、私……私は」

(現世には帰りたくない。常世で、魁様のそばで生きていきたい。それが叶うならなんでもする)

自分の思いを聞いてほしいのに、怯えの感情に心が支配され言葉が出てこない。

発言する勇気も持てずにいる美織をじっと見つめたのち、魁は近くにある漆塗りの小箪笥へと手を伸ばす。引き出しの中から手のひらよりも小さな筒を取り出した。

魁はぽんと軽快な音を立てて筒の先端の蓋を外して中から橙色の飴玉《あめだま》を取り出すと、

「口を開けろ」と美織に要求する。

キョトンとした美織がやや間を置いてから言われた通りに口を開くと、魁は身を乗り出すように美織のそばに近づき、小ぶりな口の中に飴玉を転がし入れた。

「これは俺が妖術を駆使して作り上げた、本音を口に出せるようになる飴玉だ」

魁の言葉に美織は目を大きく見開き、まさに自分に必要なものだと甘い飴玉を真剣に味わいだす。

(魁様はそのような飴を作れるのですね！)

尊敬の念を込めて美織が魁を見つめると、やや間を置いてから魁が笑みをこぼす。

「すまない。今のは冗談だ。それはただの飴玉でしかない」

美麗な微笑みと共に白状され、美織は面食らうと同時に、わずかに頬を赤らめた。

そんな無垢《むく》な美織の細い肩へと魁は手を回して、そのまま自分にもたれさせるように華奢な体を引き寄せる。

「どんなに我儘《わがまま》だろうと、理不尽だろうと構わない。俺は美織の考えていることを知りたい。拙《つたな》くても、時間がかかってもいいから、心のままに話してくれ」

魁の胸に寄りかかりながら美織はさらに頬を染めた。

自分の考えを打ち明けようとするが、その瞬間、脳裏に自分を怒鳴りつけたり叩こうとしたりする影がちらつき、やはりなにも言えなくなる。

両親が亡くなり、伯父家族のもとで女中のような扱いを受けるようになってから、伯父家族は美織に自分の意思を持つことを禁じた。口答えはもちろんのこと、疑問を口にすることすらお仕置きの対象となり、涙をこぼそうものなら「醜い顔を見せるな」と苛立ちをぶつけられた。

ただ無感情に言われたことだけに従うよう、美織は伯父家族に強いられてきた。

自分の心と体を守るためになにも言ってはいけない、喜怒哀楽を持ってもいけない。そうやって、美織は生きてきたのだ。

そのため、いざ自分の気持ちを言葉にしようとしても、癖のように歯止めがかかってしまいうまくいかない。

しかし、それでも魁は決して急かさず、美織の心が整うのを待つように、穏やかな眼差しを向け続けた。

彼と出会ってまだ数日しか経っていないというのに、ずっと前から知っていて、信頼を寄せてきた相手のように感じてしまうことがある。

(きっと大丈夫)

美織は自分自身にそう言い聞かせると、繰り返し深呼吸し、絞り出すように声を出した。

「……か、魁様」

美織はか細くも可愛らしい声で、大切にその名前を呼びかけた。すると、魁は嬉しげに微笑み返す。

「なんだ? 言ってみろ」

「わ、私は、これからどうしたら」

「俺は美織の気持ちを尊重する」

「……私は……現世に、伯父家族のもとに帰りたくありません。このまま常世で生きていきたいのです」

　少しばかり息を呑んでから、震える声で自分の望みを言葉にする。そのことで心の強張りがわずかに解けたのか、美織はちょっぴり声を大きくして続けた。

「可能ならば、私をここに置いてください。なんでもしますから……もし私を現世に戻すつもりなら、いっそ贄として扱いください」

「俺は美織を贄として見たことはないし、そもそも人間など食べない」

　まるで人間を食うことを毛嫌いしているかのように、魁が顔を歪めて否定したため、あやかしは人間を食らうものだと聞いて育ってきた美織は少々面食らう。

「た、食べないのですか？　前に稚児の肉がよかったとおっしゃっていたから」

　美織の言葉で、天川家での自らの発言を魁は思い出したようで、苦笑いを浮かべた。

「ああ。あれは口から出まかせだ。人間どもを黙らせるのにちょうどいい」

　確かにあの瞬間、普段勝気な瑠花でさえ言葉をなくしていたのを思い出し、美織は魁の意見に深く納得する。

「とはいえ、あやかしの中には人間を餌《えさ》として食う者がいるのは確かだ。俺やこの屋敷にいる者たちは違うというだけのこと。俺たちが食す物は、この数日美織が口にしてきた物と同じ」

確かにここに来てから、美織は屋敷にいるあやかしたちから贄に見立てられ命を脅かされるような脅し文句を吐かれたことなど一度もない。

「先ほど出てきた部屋で、美織は水鏡を目にしたのだろう？」

魁に問われてすぐに、美織は観音開きの鏡台を思い出し、謝罪の言葉を慌てて口にする。

「勝手に部屋に入ってしまい、申し訳ありませんでした」

「ここは美織の家でもある。好きなように歩き回って構わない」

（私の家――）

その言葉で心の中に小さな温もりが生まれたのを感じながら、美織は戸惑うように魁を見つめる。

「でも、水鏡は少し変わっていて注意が必要だ。鏡同士が霊道で繋がることで飛ばされたり、そうかと思えば異空間へ引き込まれたりすることもある」

「不思議な鏡ですね」

「それだけじゃない。常世現世関係なく、繋がった鏡の向こう側を鏡面に映し出すこともある。美織は現世を目にしたのだろう？　ひどく怯えたお前を帰したいなど思わない。俺の手元に留めて、毎日毎日愛で倒してやりたい」

何気ない顔で添えられた魁の甘い文言に、美織は聞き間違いかと目を見開く。

それを魁は一切気にせず、労るような眼差しを美織に向ける。

「しかし、美織が常世で生きていくためには、あやかしにならないといけない。人間のままでは死ぬからな。そして、朱蛇の爺《じい》さんが言っていた通り、美織があやかしになるには、あやかしである俺の子を身籠る必要がある」

「魁様の子どもを身籠れば、私はあやかしになれるのですね」

美織が魁の言葉を受け止めるように確認すると、魁は真剣な顔で頷く。

「これから美織はふたつの覚悟をする必要がある。ひとつ目は、俺に抱かれ、俺の子を産む覚悟だ。すべて受け入れ、望んでくれさえすれば、俺は美織に変わらぬ愛を誓おう」

〝愛〟のひと言に、美織は理解が追いつかず眉根を寄せる。愛という言葉を知ってはいても、それは自分が得られるものではないと思っていたからだ。

「……常世で生きていきたいのは、私の我儘《わがまま》です。今でも十分優しくしてもらっているのに、それ以上なんて望めません」

愛まで与えてもらうのは恐れ多いと美織が小さく首を振ると、魁が補足する。

「あやかしと人間の間には、霊力の高い赤子が産まれる。あやかし同士より優れた赤子がな。でも、互いの霊力の相性がよくないとそれは叶わないし、あやかしの霊力が高ければ高いほど、相性のよい相手を見つけるのは困難となる。けれど、俺は見つけた。美織は俺にとって特別な存在だ」

魁が美織の頬にわずかに触れる。美織はその手の温もりに心地よさを感じた後、朱蛇が「魁殿の相手となれる器のようだ」と言っていたのを思い出した。

（そっか。魁様や屋敷の人たちがこんなにも優しくしてくれるのは、そのためだったんだ）

みなの優しさにちゃんと理由があることを知り、美織はようやく腑に落ちると共に、少しばかり不安になる。

（私は浅羽家の人間ではあるけれど、霊力はそんなに高くないはず……。そんな私の霊力と魁様の強い霊力の相性がいいなんて、信じられない）

複雑な顔となった美織に魁は苦笑いし、続きを話しだす。

「そしてふたつ目は、人間であることを捨て、あやかしになる覚悟。心も体も変化し、場合によっては今まで通りの姿形を保てなくなることもある。そうなった時に後悔しても、もう遅い」

体が変化するというのは、宴会で見たあやかしたちのように鋭い牙が生えたり、ハルやアキたちのように尻尾が生えたりすることだろうか。

周りにいるのは、見た目には人間とさほど変わらず、伯父家族よりもずっと優しいあやかしたちばかりである。そのため、姿形が変わると聞かされてもあまり深刻に捉えられない。

美織はひと呼吸挟んでから、勇気を振り絞って、揺るぎない思いを魁にぶつける。

「どうか、私をあやかしにしてください。どんな苦しみでも耐えてみせます。姿形がどれほど変わろうと、後悔などいたしません。私はここで、あなたのそばで生きていたいのです」

あなたにならこの身を、自分の未来ごと委ねられる。

そんな思いと共に訴えかける美織を、魁は無言で見つめ返していたが、わずかな微笑みを浮かべると同時に、美織を抱き寄せた。

「この日が来るのを十年も待ち焦《こ》がれていた」

甘く響かせて告げられた魁の想いに、美織の鼓動がとくりと跳ねた。

魁は美織と改めて向き合うと、細い美織の手を恭《うやうや》しく掴み取り、手の甲に口づけた。

緊張で顔を強張らせた美織を、魁は抱きかかえ上げ、歩き出す。

羽を閉じた孔雀《くじゃく》が二匹描かれた襖に向かって、魁がわずかに目を細めると、弾かれたように襖が開いた。

向かう先に敷かれた布団を見つけ、美織の中で緊張よりも不安が強まり、思わず唇を引き結ぶ。

（大丈夫、大丈夫。すべて魁様に任せればいい）

褥に体を下ろされ、そのまま覆いかぶさるように魁が美織に体を近づけた。

美織は微かに唇を震わせ、今にも泣きだしてしまいそうになる。

魁が美織の頬にそっと触れた。

「そんなに怖がるな。これ以上ないくらい優しく抱こう」

魁の口元が柔らかく微笑むのを目にすれば、自分を見下ろす眼差しの温かさをしっかりと感じ取ることができた。

美織は体から無駄な力を抜き、まっすぐ彼を見つめ返す。

少しばかりぎこちなく微笑み返すと、魁の顔がゆっくりと近づいてきて、美織は目を閉じる。

唇に繰り返し重なった柔らかな温もりが、頬にも首筋にも降り注ぐ。そのたびに、ぴくりと体を反応させれば、耳元でくすぐるように甘い声が囁かれた。

「本当に可愛らしいな。俺の美織は」

ゆっくりと体全体へと甘い余韻が広まり、彼に触れられるたび、思考が奪われていく。

視界いっぱいに映る魁の艶やかな微笑みに心も体も熱くさせながら、美織は初めての夜を迎えた――。

熱に浮かされたように魁から求められた夜から、もうすぐ一週間が経つ。

魁が屋敷にいる時は必ず食事は共にし、時間があれば庭を眺めて散歩をすることもある。そして夜は、魁の部屋で眠りについたりと、多くの時間を一緒に過ごすようになった。

これまでにないほど穏やかな日々を送りながらも体調は芳しくないこともあり、みなに心配をかけるたび、美織は心苦しく思っていた。

そんなある日、自室の戸の向こうから「美織」と声がかけられ、ハルとアキの手を借りて身支度を整え終えたばかりの美織は「はい！」と返事をする。

ふたりに感謝を込めて頭を下げてから、すぐさま廊下へと飛び出した。

「かっ、魁様、お待たせしました！」

「いいや。準備はできたようだな。行くぞ」

美織が駆け寄ると、魁はゆるりと首を横に振り、ゆったりとした足取りで歩き出した。美織もそわそわと彼の後を追う。

今日は美織の体調がよいため、朱果《しゅか》の林《はやし》へ赴くこととなった。

朱果というのは果物のことで、あやかしたちにとっては高級品の部類に入るようだ。

話を聞けば、そこには人間からあやかしになった女性がいて、守り女《まもめ》として林を管理しているらしい。

自分がこれからたどるかもしれない道をまさに歩んできた女性と話ができることに、美織は楽しみなような、それでいて怖いような気持ちにもなっていく。

高鳴り始めた自分の胸を両手でそっと押さえながら玄関を出ると、そこに牛車《ぎっしゃ》が準備されていて、美織は魁と共に屋形《やかた》に乗り込んだ。

外からの見た目よりも広い内部に驚きつつも、外の景色を眺められるように、美織は物見《ものみ》のそばに陣取った。

その隣に腰を下ろした魁は、少ししか歩いていないというのに息切れし、顔色も優れない彼女へと労りの眼差しを向ける。

町並みは現世のものとなにも変わらない。ただし町を闊歩《かっぽ》しているのは、人の姿をしていても、よく見ればひとつ目だったり、女性の首が突然伸びたり、もしくは猫や狐の顔をしていたりと、ここはやはり、あやかしの世界なのだと美織は改めて実感する。

やがて景色は、緑が多くのどかなものへと変わっていった。水田の傍らを進んだ後、竹にも似た真っ白で細長い木々が多く並ぶ中で牛車がぴたりと止まる。

美織は魁の手を借りつつ、屋形から、くるぶしまで浸かるほどの水の中へと恐る恐る降り立った。

魁に続いて進むたびにぴしゃりぴしゃりと水音はすれど、足元が濡れるような感覚はない。

よく見れば、足が水に入っているのは美織だけで、魁は水面を歩いている。

不思議な気持ちで互いの足元に視線を落としていると、不意に、ここと同じような場所を、男の人に手を引かれて歩いた幼い頃の記憶が脳裏をよぎり、美織は思わず息を呑んだ。

改めて周囲を見回すと、白く細い木も見覚えがあり、それはいつどこでの出来事かと美織は必死に思い出そうとする。

（男の人……あれはお父さんの背中……？）

数少ない父との記憶を思い返しながら、美織は何気なく、今、目の前を歩く魁の背中へと目を向け、足を止めた。

記憶の中の後ろ姿が、魁のそれにぴたりと重なった気がして、心がざわめき始める。

数歩先で、美織の足音が止まったことに気付いた魁がゆっくりと振り返る。

「どうかしたか？」

「……み、見覚えがあるような気がして、この場所も、魁様の後ろ姿も」

動揺と共に発した美織の言葉に魁がわずかに目を見開いた時、前方から音もなく老婆が近づいてきて、魁に向かって深くお辞儀をした。

「魁様、お久しぶりでございます。お待ちしておりました」

「急にすまない。彼女に色々話を聞かせてやってほしい。ついでに朱果を食べさせてやりたい」

魁が言葉を返すと老婆は姿勢を戻して「さようですか」と呟き、魁の傍らにいる美織を見た。

老婆の顔はまるで人形のようで、喜怒哀楽がまったく読み取れない。

しかしそれよりも美織の目を引いたのは、老婆の頬にわずかながら見て取れる蛇の鱗《うろこ》だ。

この老婆が魁の言っていた女性だとわかり、美織は緊張した面持ちで会釈する。

すると突然、上空から「魁様」と声がかけられ、黒い羽を羽ばたかせる音と共に山伏姿の男たちが舞い降りてきた。

一瞬、その格好から八雲かと思ったが、その中に彼はいない。すべて美織には見覚えのない者たちばかりだ。

彼らは「報告です。賽《さい》の河原でまた……」と前置きしてから、なにやら小声で魁に話し始めた。

魁は大きくため息をつき、「あいつらはいつも揉《も》め事を起こす。どうしてくれよう」と顎に手を添えた後、美織の方へ顔を向けた。

「美織、朱果を好きなだけもぎとっておいで」

魁の邪魔をしたくないため、「わかりました」と言いたいところだが、美織は朱果がどんな色や形をしているのかわからない。どうしたらいいのかとオロオロし始めた美織へ、老婆が話しかけた。

「食べ頃のものを教えるから、私についておいで。ここは広いから迷子にならぬよう気を付けておくれよ。一度迷い込むとなかなか抜け出せず、水鏡に似た性質を持つ水に嫌なものなどを見せられたりして、精神をやられてしまうこともあるからね」

淡々とした口調で忠告してから、老婆は小さく水の音を立てながら滑るように進み始め、美織は慌てて彼女を追いかけた。

老婆も魁と同じように水面を歩いている。よく見れば、着物の袖から見える右手の甲にも蛇の鱗のようなものがあるのに気付き、美織はわずかに息を呑む。

「鬼灯のような形をしている赤い実が朱果と呼ばれる果実だよ。常世には、現世でも見かける食べ物がたくさんあるが、朱果は常世にしかないものだ」

ぴしゃりと水を跳ねさせつつ老婆は動きを止めて、上を見上げる。木はとても背が高く、幹と同じ白色の葉をつけた枝がいくつも伸びている。よく目を凝らすと、上の方の枝にとても小さな赤い実がなっていた。

もちろん手は届かない。そこまで木登りすることも難しそうだと美織が感じていると、ぽつりと老婆が問いかけてきた。

「人間の娘さん。常世に来てどれくらい経つのかい?」

「半月になります」

「気だるくて仕方ないだろう。かつて私もそうだったから、よくわかる」

美織は老婆の言葉を認めるように、真剣な顔でこくりと頷く。老婆は小さく笑ってから、白い木の幹に触れつつ説明を始めた。

「常世の世界は現世によく似ているが、実際は違う。微量ではあるが万物すべてに霊力が備わり、物によっては放出してもいる。みな霊力の含んだ物を食べ、空気を吸って生きているんだ。あやかしの体は生まれながらにそれに順応できるが、人間は違う。体を順応させようとすれば、約三年という長い月日と大きな苦痛が伴う。若くて体力のある男ならなんとか持ちこたえられても、女は持ちこたえられずに命を落とす」

現世は人間、常世はあやかしと、なんとなく棲《す》み分けているだけなのかと考えていたが、それぞれが適材適所に落ち着いた結果なのだと美織は理解する。

「娘さん、現世に未練があるなら、長居せず今すぐ戻ることをおすすめするよ」

「わ、私は、常世で、魁様のおそばで生きていきたいです」

美織は首をふるふると横に振り、現世に帰ることを否定した後、声を震わせながら思い切って質問をぶつける。

「あなたは、どなたかの子どもを身籠って、あやかしへと生まれ変わったのですよね？」

教えをこうかのように真剣な眼差しの美織を、老婆はしっかりと見つめ返し、力強く話しだす。

「蛇のあやかしの子どもを身籠り、産んだ。父と胎児、ふたつの霊力に助けられ、私はあやかしとしての新たな生をなんとか繋ぎ止めることができた。だが、あの御方の霊力と、私のもともと持っていた霊力の相性が芳しくなく、綺麗に生まれ変わることができなかった」

老婆は蛇の鱗を纏っている己の手へと視線を落とした後、そっと自分の頬に触れる。

「こんな姿でも、前と変わらず愛してもらえるかどうか不安に陥り、しまいには、この顔をあの御方の視界に入れたくないと、引きこもるようになってしまった。あの御方は何度も何度も私に会いに来てくれたというのに」

そこで老婆は「ふっ」と小さな笑い声を挟んだが、その表情はどことなく苦しげで、美織の心も切なくなる。

「この姿を受け入れるまで少しばかり時間がかかってしまい、そのことで私はあの方をひどく傷つけてしまった。もしかしたらあの方は、私をあやかしにしたことを、今も後悔しているかもしれない」

あやかしとして生まれ変わる場合、こういった結果を招く恐れもあると知り、魁の伝えたかった覚悟の意味を美織はようやく理解する。

「自分の愚かな行いは悔いているが、朱蛇様の赤子を身籠り、あやかしとなったことは少しも後悔していないよ」

守り女の相手が朱蛇だということを知り、美織は驚きの表情を浮かべる。

宴会で会った時、美織は朱蛇の態度を冷たく感じていた。しかし、こうして元人間である守り女との関係を知ってしまうと、最後にかけてくれた「うまくいくよう願っておる」という朱蛇の言葉が一気に重いものとなる。

「今は朱蛇様のもとにいる我が子も、私を変わらず母として慕ってくれているし、魁様が与えてくださった朱果の林の守り女としての役目は、私のあやかしとしての誇りや自信となっている。それに、共に暮らしていなくても、朱蛇様は昔と変わらず頻繁に私に会いに来てくださる」

老婆は幸せそうな微笑みを浮かべた。

美織も心がほわりと温かくなるのを感じ、わずかに口元に笑みを浮かべる。

「娘さんは、鬼の旦那の子を身籠るつもりなんだね。霊力の相性はすこぶるよさそうに感じられるが、あの旦那は霊力自体が別格だからな。下手をすれば、こうなることも覚悟しておいた方がいい」

守り女の言葉に美織は表情を引き締めて、真剣な顔でこくりと頷き返す。

「朱果は少々特殊で、時には求めに応じて姿を変えて目の前に現れることもある。もしかしたら、今後その特別な朱果の実を必要とする時が来るかもしれないし、なにかあったらまた訪ねておいで」

「は、はい。ありがとうございます」

含みを持たせた言い回しに不思議な気持ちになりながら美織が深く頭を下げると、老婆から小さな笑い声が返ってくる。

なにか無作法なことをしてしまっただろうかと強張らせた顔を上げると、老婆が小声で笑った理由を口にする。

「しかし、あの旦那は本当にお前さんを好いておるな。さっきから、天狗との話も上の空でこちらの様子ばかり気にしておる。まあ仕方ないか、ずっと想い続けた娘がようやく自分のもとにやってきたのだから」

ずっと想い続けてきた娘とは誰のことだろうかと美織は思わず動きを止める。

しかし、老婆はそんな美織に気付かず、少し先にある木の上へと視線を向け、目を細めた。

「ああ、あの実はちょうどよさそうだね。採ってくるからここで待っているんだよ」

老婆はそう言い残し歩き出す。目的の木の下にたどり着くと、どこからともなくやってきた一匹の蛇が、老婆の指示に従うようにくるくると木に体を巻きつけて器用に登っていく。

美織はその様子から視線を移動させ、ずっと気になっていた既視感のある林を改めて見回す。

（やっぱり私、この林を見たことがあるような気がする）

それはいつ、どこで、誰と共に——と考え、魁の姿が脳裏に蘇った瞬間、突然、地面が泥のように柔らかくなり、ふらりと足がぐらつく。

柔らかな泥の中へと、足から膝、腰と、まるで呑み込まれていくかのように、一気に美織の体は沈んでいった。

冷たい感覚に全身を覆われ、反射的に目を瞑《つぶ》るも、すぐに固い土を踏んでいる感触が戻ってきて、冷たさも引いていく。

目をゆっくりと開けると、美織は先ほどと変わらぬ林の中に立っていて、キョトンとする。

しかし、木に登った蛇や老婆の姿は見つけられず、振り返った先にいるはずの魁や天狗、牛車も見当たらない。

「か、魁様」

小さくも、精一杯の声で呼びかけるが、返事はない。

その場を行ったり来たりするものの、やはりなんの気配も感じられず、不安で胸が苦しくなり、美織はその場に立ち尽くす。

ひとりではなにもできない役立たずな自分がとても情けなくて気持ちが沈み、ため息をついた時、ふいに足元の水面に波紋が生まれ、身構えた美織の目に、現世にいるはずの瑠花の姿が映り込む。

「私は美織を必死に止めたの。でもあの子は欲に駆られて、鬼灯の簪を手に取ってしまったの」

揺らめく水面が映し出す瑠花は目に涙を浮かべていて、尚人に対して必死に訴えかけていた。

手に取ったのは瑠花に命じられ仕方なくだと悔しくて唇を噛むと、今度は親を前にして不貞腐れた様子の瑠花が映り込む。

「依代は鬼灯の簪でなくてはだめなの？　あれは私の物なのだから、なんとかして返してもらえないかしら。素敵な物だもの。私に絶対似合うわ。取り戻したい」

物欲まみれの言葉を聞いた瞬間、これまでにないほどの苛立ちが美織の中に湧き上がってくる。魁の物を瑠花が手にすると思うと、自分でも驚くほど嫌でたまらなくなったのだ。

鬼灯の簪を頭の中で思い描いたその時、なくしていた記憶が鮮やかに蘇ってきて、美織は息を呑む。

取り戻した記憶は別れ際のような一場面で、幼い美織は「魁様のおそばにいたいのです！」と声高に叫び、涙を流しながら駄々をこねていた。

魁は美織と目線を合わせるようにしゃがみ込み、小さな頭を優しく撫でる。

「俺も美織を自分の手元に置いておきたい。しかしそうするには、お前はまだ幼すぎる。……そうだな。十年経ったら美織を娶《めと》ってやってもいい。それまでこれを大切に持っておけ」

そう言って魁から渡されたのが、あの鬼灯の簪だった。

「いつか花嫁となる娘にあげるようにと、亡き母から譲り受けた簪だ。これを頼りに俺は必ずお前を迎えに行く。待っていてくれ、俺の未来の花嫁よ」

涙をいっぱい溜めた目で自分を見上げる美織に、魁は微笑みと共にそんな言葉も贈ったのだ。

しかし常世を離れたことで、そこでの記憶が無常にも色褪《いろあ》せ、曖昧なものとなっていく。

現世のつらさが美織のすべてを疲弊させたこともあり、すべて記憶の彼方に追いやってしまったのだ。

ぼんやりと覚えていた父親らしき男性の背中は、きっとすべて魁のものだろう。

（どうしてこんなに幸せな記憶を忘れてしまっていたんだろう）

美織は悔しさと申し訳なさでいっぱいになり、さらに涙を落とす。

たとえ思い出したのが断片的だったとしても、今この瞬間、かつて美織は魁と会っていて、彼から鬼灯の簪を受け取っていたことが、揺るぎない事実となった。

忘れていたことを魁に謝らないと――と、美織はもとの場所に戻るべく歩き出したが、焦りから足がもつれて前のめりに倒れた。

とっさに水の中に両手をついたものの、しっかり両膝を打ちつけてしまっていて、鈍い痛みが広がる。

出られそうな場所はないかと、美織はそのまま周囲を見回す。しかし、木々の上から暗闇がゆっくりと迫ってきていることに気付いて、美織は怯えて体を強張らせる。

（ここから出られないかもしれない。……助けて、魁様！）

美織が心の中で、その名を強く呼びかけた時、亀裂が入るような音が辺りに響き渡った。

「美織！」

力強く名を呼ばれ、勢いよく顔を上げると、空中に生じた歪みから魁が姿を現す。

「ここはいくつかの空間が連なっている。異空間に引き込まれることもある場所だと理解していたのに……突然、美織の姿が消えて、心の臓が止まるかと思った。よかった無事で」

しっかりと美織の手を掴んで、魁が笑みを浮かべた。

（私を助けに来てくれた）

安堵《あんど》と感謝の気持ちで胸がいっぱいになり、美織の目からぽろぽろと涙がこぼれ落ちた。

「今さっき、ほんのわずかですが、常世から現世に戻る時、魁様から鬼灯の簪を受け取ったあの瞬間を思い出しました。こんなに大切なことを、どうして私は……」

「少しでも思い出してくれたなら、それでいい。気に病むことはない」

魁は美織の言葉にわずかに目を見開いて驚きつつも、口元を柔らかく綻ばせる。そんな魁へと、美織は心を込めて感謝の言葉を口にした。

「魁様は、いつも、私に手を差し伸べてくださるのですね。ありがとうございます」

涙が止まらないでいると、そっと引き寄せられ、美織は魁にきつく抱きしめられた。

（現世に戻って死んだように生きるくらいなら、たとえこの身が人の形を保てなくなったとしても構わない。自分を受け入れてくれる常世で、魁様のそばで生きていきたい――）

美織は彼の腕の中で、望む未来へ進むための覚悟を決めたのだった。

三幕、鬼灯の簪

朱果の林へ行ってから、一ヶ月が過ぎた。

不調だった美織の体調は徐々に好転し、ハルとアキを含んだ女中たちとの長時間のお喋りや、町で店を回っての魁との買い物も苦もなくできるようになっていった。

体調だけでなく、時折、美織の瞳も、魁のような蛇に似た瞳孔へと変化するようになる。それは美織が魁を受け入れ、魁によって心も体も愛されているのを意味していて、屋敷のあやかしたちは、祝言が先か、それとも懐妊が早いかという話題で盛り上がっていた。

賑やかでいて穏やかな時間が流れていたある日の夕方、「行ってらっしゃいませ」とにこやかに手を振るハルとアキに屋敷の門で見送られながら、美織は魁と八雲と三人で宵闇に包まれた木立の中を歩き出す。

「魁様、八雲様、私の我儘に付き合ってくださり、ありがとうございます」

「我儘など言われた覚えはないが」

「美織様はいずれ魁様のお子を産む大切な身、俺は警護の役目を果たしているだけなので、なんらお気遣いなく」

軽く頭を下げた美織に、魁は素知らぬ顔で、八雲は無表情のままあっさりと言葉を返した。

それでも美織は、自分のひと言によって魁や八雲たちが今宵のために仕事を調整したのをハルとアキから聞いているため、好奇心で振り回してしまったのが申し訳なくて、もう一度頭を下げた。

時は一週間前に遡《さかのぼ》る。

美織は、魁と共に買い物に出た時にいつもと町の様子が違うことに気が付いた。民家の玄関や店の軒先に、赤や水色、黄色や緑など、色とりどりの丸い紙提灯《かみちょうちん》が下げられていて、風流な光景に思わず目を奪われる。

「お祭り、ですか？」

「まあそのようなものだ。あそこに、朱色の建物があるのだが見えるか？」

美織の質問に魁はやや考えながら答えた後、道の先を指差した。

多くのあやかしたちが行き交う道の両脇には、様々な店がずらりと並んでいる。まっすぐ続くその道は、やがて緩やかな上り坂となり、立派な門の向こうに朱色が鮮やかな大きな神社が見えた。

「立派な神社ですね」

「現世では神を祀る社として機能しているが、常世では俺が率いる部隊の詰所でしかない」

「あそこが、魁様の部隊の詰所なのですね」

魁の口から何度も聞いていて、機会があれば行ってみたいと思っていた詰所が、屋敷から歩いていける距離にあったのを知り、思わず美織は魁の言葉を繰り返した。

常世の地理にはまだ詳しくないため、美織にはどれほどの規模か理解できていないが、魁がこの辺り一帯を治めているようだった。

当主として他の派閥と話し合いをするのはもちろん魁の役目で、それ以外にも警邏《けいら》活動を目的とした部隊を率いており、八雲が副隊長の任についている。

魁の部隊は、あやかしたちの揉め事の仲裁に入ったり、恨みつらみが強すぎて怨《おん》霊《りょう》化してしまったあやかしを捕らえに行ったりするらしい。

美織が魁と朱果の林を訪れた際に見た天狗が隊員であり、それ以降もたびたび、ふたりでのんびり過ごしているところに天狗たちが慌てた様子でやってきたりしている。

それを目にするたび、魁は大切な役目を担っているのだなと、美織は深く感じていた。

そんな彼の部隊の本拠地を目の前にし、美織は興味津々で神社に似ている建物を見つめる。

「現世で美織が暮らしていた場所の近くにも、あれと同じ外観の神社があったのを覚えているか？　役割こそ別であるが、朱果の林のように特殊な場所なため互いに繋がっている。俺の霊力が現世へと伝わり神域となり、結果、神と呼ばれし我らの仲間たちの住まいになっている」

魁の言葉に耳を傾けながら、美織は現世での記憶を掘り起こす。

伯父の屋敷の近くに、立派な神社が確かにあった。しかし、瑠花の付き添いで屋敷の外に出た時に、遠くに見た程度のため、朱色だったことしか覚えていない。

魁と繋がりのある神社だと知ってしまうと、もっとよく見ておけばよかったと惜しい気持ちになった。

「普段は霊力を分け与えてやるばかりだが、現世で例大祭が行われる時だけは、こちらに霊力を返してくる。詰所からこの通り一帯に霊力が漲《みなぎ》るのを見計らって、方々からあやかしたちが集まってくるため、お祭り騒ぎになる」

年に一度、神社では例大祭が行われていた。神事に天川家も関わっているため、その日、浅羽家の面々も必ず神社へ足を運んでいたが、そこに美織は当然のように含まれていない。だから毎年、美織は静かな屋敷の中で言いつけられた家事を黙々とこなしていた。

例大祭に限らず、美織は祭りに行ったことがない。伯父たちからの許可がなければ行くことなどできないし、行きたいとお願いしたところで許可してもらえないこともわかっていた。だから屋敷の中で遠くに聞こえるお祭りの喧騒に耳を傾けるくらいしかできなかったのだ。

きっとこの道も、祭り当日は楽しそうなあやかしたちで溢れ返るのだろうと想像すると、少しばかり胸が躍る。

美織は魁の部隊の詰所から、自分のすぐ近くに飾られている黄色の紙提灯へと視線を移動させ、小さく微笑んだ。

「きっと賑やかで、楽しい時間なのでしょうね」

何気なしに美織が呟くと、一拍置いて魁が問いかける。

「見に行きたいか？」

それに美織はハッとして、動揺したように顔を青くさせ狼狽える。

「……あの、ねだっているように聞こえたなら、すみません。私、そんなつもりはなくて」

「ねだられたなんて思っていないし、仮にねだられたとしても、美織なら悪い気はしない」

これまでの癖で美織は自分の態度を省みてすぐさま謝るが、そんな美織に魁は優しい眼差しを返した。

「頃合いがよければ、風流な光景も目にできる。行くか？」

魁からの誘いの言葉に、美織は大きく息を呑む。

祭りとやらを見てみたいが、そんな自分の気持ちを口にするだけの勇気がなく、美織はそわそわと落ち着かなくなる。

しかし、穏やかな面持ちで自分の返答を待っている魁と改めるように向き合って、勇気を振り絞って思いを告げた。

「……あの！　……その、ご迷惑でなければ、お願いします」

徐々に声が小さくなりはしたものの、真剣な顔で最後まで言い切った美織に魁は優しく笑いかけ、自分のもとへそっと抱き寄せる。

「わかった、約束しよう。我が花嫁よ」

魁に抱きしめられたことで美織は頬を熱くする。

同時に自分たちの周りにあやかしたちが集まってきていて、微笑ましげに、または驚くように、もしくは物珍しげにこちらを見ていることに気付き、美織はさらに顔を真っ赤にしたのだった。

それから、美織は祭りに着ていく着物や髪飾りを、はしゃぐハルとアキに選んでもらい、約束の日である今日に向けて楽しみを募らせていった。

しかし、魁が仕事を前倒しにするべく周りに無茶振りをし、八雲や隊員たちの顔が揃ってやつれ気味だという話を聞き、美織は気まずさを募らせ、今に至るのだった。

「気にする必要はない。なにより俺が美織を連れていきたいのだから。たまにはこうして夜に町へ繰り出すのも悪くない」

魁の言葉で少しばかり気持ちを軽くさせると同時に、美織は木の根に足を取られそうになる。

すると、まるで道案内でもするかのように鬼火が列をなして現れた。自分の足元を照らしてくれているのだと美織はすぐに気が付き、反射的に魁を見上げる。

見つめ返してくる魁は特に表情を変えることはなかったが、鬼火は彼が生み出したもので間違いない。

美織はその優しさや気遣いをしっかり心で受け取ると、魁にわずかに微笑みかけて、

「ありがとうございます」と軽く頭を下げた。

魁も口元に笑みを浮かべ、美織の速度に合わせてゆっくりと木立の中を進む。

昼間でも足元の悪い場所であるため、美織もここで転んだりしてさらなる迷惑をかけないように、鬼火の明かりを頼りに慎重に歩き続ける。

しばらく進むと、徐々に祭囃子《まつりばやし》が聞こえ始め、否が応でも心が弾みだした。

林を抜けて、店が並ぶ町の通りに出た瞬間、思わず美織は足を止める。

道があやかしたちでいっぱいでとても賑やかなのは美織が想像していた通りなのだが、思っていたよりもはるかに暗い。店に明かりはついているものの今にも消えてしまいそうな程度で、昼間見たあの紙提灯もすべてくすんで見える。

あやかしたちの世界ではこの明るさが普通なのだろうかと美織が考えていると、魁

が美織の手を掴んだ。

「詰所まで行く。逸《はぐ》れないように手を繋いでおこう」

美織は手を繋いだ気恥ずかしさから頬をほんのり赤く染めつつ、魁にこくりと頷き返す。

手を引かれながら再び歩き出すと、魁に気付いたあやかしたちが、「魁様！」と次々声をかけてくる。

魁がそれに眼差しで応えたり、足を止めて声に耳を傾けたりしているうちに、詰所の方からドン！と太鼓の音が大きく響いた。

反射的に美織は目を向ける。

さっきからずっと聞こえている祭囃子も詰所からのものだと気付いた。

じっと見つめるうちに、詰所がぼんやりと青白い輝きを放ち始める。

神秘的な光景に美織は驚き呟いた。

「……詰所が輝いている」

「そうか美織も見えるか。もうじき始まる。急ごう」

あやかしたちに足止めをくらっていた魁は美織の反応に満足そうな笑みを浮かべると、繋いでいる手を握り直して再び歩き出す。

混雑している道を抜けて坂道へと差しかかったところで、辺りに満ちている霊力が一気に濃くなったのを感じ、神聖な場所に足を踏み入れた気持ちになる。

高まった霊力はまるで詰所を守っているかのようで、この場所が特別だということを物語っている。

少しばかり気だるくなって息を吐きつつ、ようやく美織は詰所の門前にたどり着く。

そこで足を止めた魁に、八雲は「様子を確認してきます」とひと声かけてから、門番をしていた二名の天狗の横を通って敷地内へと入っていく。

美織は好奇心に抗えず、ちらちらと門の向こう側へ目を向ける。

祭囃子や太鼓の音が聞こえるため、中で天狗たちが奏でているのかと思っていたが、そのような姿はなく、逆にひっそりとした光景が広がっていた。

「この音はどこから」

「現世からだ」

自分の疑問に魁からあっさりと答えを返され、常世とは不思議な場所だと美織は改めて実感する。

「現世にいる仲間が、そろそろ動き出す」

魁の宣言に続くように、太鼓を打ち鳴らす音が断続的に響きだした。だんだん力強くなっていく音に合わせるように、詰所が纏っている輝きも増していく。

魁が美織の腰に手を回し、自分のもとへ引き寄せた次の瞬間、強い風が吹き抜け、美織は魁にしがみつきながら息を呑んだ。

輝きが風に乗って、あやかしたちのいる通りへと流れていく。そのまま風は弱まることなく、光の帯をたなびかせながら、あっという間に吹き抜けていった。

「……わあ、綺麗」

しんと静まり返った真っ暗な通りに、ぽつぽつと色とりどりの明かりが浮かび上がってきて、その幻想的な光景に美織は感極まった声で呟く。

「明かりは軒先にあった紙提灯ですよね」

「あれは霊力に反応して明かりが灯るようになっている」

「そうだったのですね。本当に綺麗で、私、胸がいっぱいです。連れてきてくださってありがとうございます」

興奮気味の美織はいつもより弾んだ声で魁に話しかけ、そして嬉しそうに笑う。

魁はそんな美織を愛おしそうに見つめた後、そっと額に口づけを落とした。

「美織の笑顔を見られるなら、なんだってしてやろう」

甘く告げられた想いに、美織は顔を赤らめて魁を見つめ返す。

気恥ずかしさで明らかに動揺している美織へと苦笑いを浮かべた魁だったが、なにかに気付いたかのように今上ってきた道へと視線を向け、表情の温度を下げた。

すると、音もなく魁のそばへと八雲が戻ってきて、同じように坂へと顔を向ける。

何事かと思い、美織もそちらを見ると、のんびりとした足取りで近づいてくる老人の姿を視界に捉え、「あっ」と小さく声を発する。

目の前に現れたのは、朱蛇と呼ばれていた蛇のあやかしとその付き人たちだった。

「なにか用か？」

「例大祭の賑やかさにつられて、つい立ち寄ってしまった。魁殿に特に用はないが、お前さんの縄張りに足を踏み入れている以上、たまには声くらいかけていかねばと、こうしてやってきたまでだ。そちらも儂の屋敷の近くまで来ることがあれば寄っていけ。いつでも歓迎する」

「……一応、覚えておこう」

付き人たちは、魁の礼儀の感じられない物言いが癪《しゃく》に障ったらしくムッと眉根を寄せたが、朱蛇は気にすることなく笑い飛ばす。

「いつも好き勝手にうろうろさせてもらっているからな。こうして直接感謝の意を伝えておかねば」

「感謝はいらない。うろついているといっても、朱果の林を訪ねる程度なのはわかっている。それに、朱果の林の守り女がしっかりとあの場所を管理してくれているから、大目に見ているだけのこと。貴殿が我々に害をなすようなら、命はないと思え」

魁が朱蛇たちを鋭く見据え、見せつけるように美織の肩に手を回す。そのことから、彼の言う〝我々〟とは一番に美織のことを示していると、朱蛇たちはすぐさま理解した。

「重々承知しておる。我々も、お前さんらが守り女の尊厳を損なうようなことをしない限り、無駄な争いなど起こさない」

美織は、魁の性格をよく理解しているように思える朱蛇をぼんやりと見つめる。

(常世で生活し始めたばかりの私には知らないことだらけだ……もっといろんなことを私も知りたい)

できれば守り女の話をもっと聞いてみたいと考えていると、美織は朱蛇と目が合った。

「守り女のところに立ち寄るたび、お前さんたちがどんな選択をしたのかと、少しばかり気にかけておった。……そうか、人間の娘は常世にとどまり、あやかしになることを選んだのだな」

自分に話の矛先が向いたことで、美織は無意識に魁と視線を通わせてから、朱蛇に「はい」と答えた。

「よく考えてあやかしになる道を選んだのだろうが……その選択を後悔する日が来ないことを祈ろう」

悲しみで沈んだ朱蛇の声を聞いて、美織の胸が一気に締めつけられた。

この先、自分の姿形が変わったとしても後悔などしないと美織はすでに魁に伝えている。しかし、朱蛇と守り女のように、自分たちもすれ違うことになってしまったらと考えると心が騒めきだし、気が付けば、美織は「あのっ」と朱蛇に声をかけていた。

発した声は頼りないほど震えていた上に、朱蛇だけでなく、その後ろに控えている者たちの眼差しまですべて自分に向けられたことで、美織は怯み、声を詰まらせた。

肩に添えられていた魁の手に力が込められたのを美織は感じ取る。

恐々と視線を向けると優しく微笑む魁と目が合い、「言いたいことを言っていい。俺がついている」と言われた気持ちになる。

見守られている心強さを力に変えて自分を奮い立たせると、美織は朱蛇をまっすぐに見つめて口を開いた。

「たとえ姿形が変わってしまっても、私は後悔しません。それは朱果の林にいる守り女の方も同じです。少しも後悔していないとはっきりおっしゃった姿はとても美しくて、私も自分の望む道を選ぼうと背中を押していただきました」

そこでひと呼吸挟んで、美織は思いをぶつける。

「私もあの方と同じように、常世で幸せになりたいです！」

緊張から途中で頭の中が真っ白になりながらも、美織はなんとか最後まで言い切った。

その場がしんとなり、美織の息の上がった呼吸音だけが辺りに響く。

朱蛇側はみなハッとさせられたような顔をしていて、美織は生意気なことを言ってしまったと顔を青くさせる。

朱蛇は俯き、表情を隠すかのように右手で顔に触れながら小声で呟く。

「そうか……そうか」

繰り返される声は震えていたが、それは怒りからではなく喜びに満ち溢れているように、美織の耳に届いた。

隠した手の向こうで朱蛇は口元に笑みを浮かべたのち、顔から手を離し、ゆっくりと姿勢を正した。その表情は普段通り飄々《ひょうひょう》としているものの、どことなく温かい。

「その娘、見たことがある気がしていたが、昔、わずかな間だけ魁殿が手元に置いて、甲斐甲斐《かいがい》しく世話をしていた人間の幼子だな。食ってしまったと聞いていたが、現世へ帰していたのか。まあ、生きているとわかれば、魁殿の弱みと踏んで奪い去ろうとするあやかしも出てくるだろうからな。偽りの情報を流すのも仕方あるまい」

魁のもとにいたのは思い出したものの、甲斐甲斐しく世話をしてもらった記憶はない美織は思わず魁を見上げる。魁は素知らぬ顔で美織から目を逸らした。

「しかしまたこうしてふたりで寄り添い立っているのを見せられると、強い縁があるのだと思わざるを得ないな」

独り言のように呟いてから、朱蛇は深く息をつき、わずかに微笑みを浮かべた。

「魁殿、その娘を大切にするように。お前さんほどの霊力を萎縮すらせず受け入れ、平然とした顔で横に立てる人間の娘など、そうそう見つからぬ」

「言われなくてもそうする」

魁は自らの言葉を行動で示すかのように、愛おしげに美織を後ろから抱きしめた。照れもなく抱きしめる魁と、突然のことに顔を真っ赤にさせて戸惑っている美織を、朱蛇は眩《まぶ》しそうに目を細めて見つめた。

「常世に新しい風を送り込むだろう君たちの婚姻を、儂は心より祝福する」

最後に力強くそんな言葉を残して、朱蛇は身を翻した。ゆっくりと、心なしか足取り軽い様子で、付き人たちと共に今来た道を下り始めたのだった。


もう少しだけ美織は魁と共に、色とりどりの明かりを放っている通りを門の前で眺め続けた。

現世から聞こえていた祭囃子や太鼓の音が小さくなるにつれて詰所の輝きも消えていき、そこで美織たちは通りへと戻っていく。

詰所の光は消えてしまったが紙提灯の明かりは灯ったままで、暗闇の中で淡く輝き続けるそれらに美織は目を奪われつつ、魁に手を引かれながら名残惜しさと共に屋敷へと帰っていった。

美織は自室に戻ると、待ち構えていたハルとアキに、幻想的な光景を目にして得た感動や興奮を伝えたくて、舌足らずなりに懸命に話をした。

しばらくその話で盛り上がった後、美織は風呂場へ向かう。

（来年もまた、できたら今日と同じように、魁様と一緒にあの景色を見たい）

湯船に浸かりながらそんな望みを抱くと、その頃自分はどうなっているのだろうと、わずかな不安も生まれる。

（その時、魁様の子どもを抱けていたなら、どんなに幸せだろう）

美織はまだ見ぬ未来に思いを馳せた。

湯上がりの火照《ほて》った顔を軽く手で仰ぎながら、自室に向かって廊下を歩いている途中で、美織は台所の前に差しかかる。

通りすがりに、女中が酒の準備を整えている様子を視界に捉え、魁が毎晩寝酒を嗜《たしな》んでいるのを思い出した美織は思わず声をかけた。

それからほどなくして、美織は女中に代わって、酒やつまみの載ったお盆を手に魁の部屋へと向かった。

「失礼します」とひと声かけてから、正座をしたまま襖を開けて頭を下げると、縁側に腰掛けていた魁が振り返り、驚いた顔をする。

「美織が持ってきたのか。疲れているだろうに」

「私が持っていきたいと駄々をこねたのです。いつも魁様にはよくしてもらっていますから。それになにかお返ししたくても、私はこんなことしかできませんし」

傍らに置いたお盆を手に取って美織が室内に入り、魁のもとへと歩み寄っていく。

「今宵はありがとうございました。とても楽しかったです」

「俺もだ。来年も見に行くとしよう。町で食事をしてもいい」

ついさっき自分が思っていたことを魁に言われ、美織は思わず笑みを浮かべ、「はい」と声を弾ませた。

持っていたお盆を魁のそばに置くと、美織は「お休みなさいませ」と改めて魁にお辞儀をし、部屋を出ようと立ち上がった。しかし、歩き出すよりも先に美織は魁に手を掴まれる。

「もう少しここにいたらいい」

自分がいたら邪魔じゃないだろうかと美織は疑問を覚えるが、他でもない彼がそう言ってくれているのだからと思い直し、こくりと頷いて魁の隣に腰を下ろした。

庭にある小さな池の水面が、空に浮かぶ月をくっきりと映し出している。そよそよと吹いた風も心地よく、流れゆく穏やかな時間が美織には贅沢《ぜいたく》に感じられた。

池の魚がぴしゃりと跳ねて水面が揺れるも、しばらくすれば、そこに再び月の姿が綺麗に映し出される。

言葉も交わさずに静かな面持ちでそれを見つめていた美織は、ゆるりと魁へ視線を向けた。

月明かりに照らされた彼のくつろいだ横顔はとても美しく、心を掴まれたように目が離せなくなる。

すっかり見惚《みと》れていると、不意をつくように魁の眼差しが美織に向けられ、目が合うと同時に柔らかな微笑みが広がる。

呼応するように美織の心の中がじわりと温かくなり、今自分は幸せだと深く実感しながら、魁に微笑み返す。

魁は美織の笑みにわずかに目を瞠《みは》った後、そっと手を伸ばして美織の頬に触れる。

見つめ合う先で、焦がれるように互いの瞳に熱が生まれ、どちらからともなく身を乗り出すようにして唇を重ねた。

支えるように背中に回された大きな手と、求め返すように伸ばされた細い手。

静かな中で響く衣擦れの音に、わずかに乱れた吐息が続けば、月明かりから隠すように美織は魁の腕の中にしっかりと閉じ込められた。

互いの心を幸せで埋めるようにして、夜はゆっくりと更けていった。

それから一ヶ月半が経過し、青空に白い雲がのんびりと漂う昼下がり。

美織の部屋は緊張感に包み込まれていた。

主治医を務めているあやかしの女性が真剣な顔で、美織の腹部に手をかざす。主治医の綺麗な桜色の長い髪や、耳のあたりから出ている魚の鰭《ひれ》のようなものを見つめて、美織は緊張から気を逸らす。

たっぷりと時間を使ってから、主治医はすっと手を引き戻すと、美織に向かってにっこり笑って頭を下げた。

「ご懐妊です。美織様、おめでとうございます」

その言葉に、美織はまずはホッとした表情を浮かべ、そして笑顔となった。

傍らで様子を見守っていた魁も嬉しそうに口元を綻ばせた後、しっかりと美織を抱きしめる。

女中たちも手と手を取ってはしゃぎ、「おめでとうございます！」と声を揃えて祝福を送った。

「お祝いの宴を開かねば」と魁が立ち上がり部屋から出ていくと、主治医も緊張をほぐすように息を吐き、美織の右手を両手で握りしめた。

「待ちに待ったご懐妊。本当におめでとうございます。わたくしどもも本当に嬉しいです。でも、ここからがまた大変ですよ。みんなで力を合わせて美織様を支えますので、頑張りましょう」

「はい、ありがとうございます」

目に涙を滲ませながら繰り返し頭を下げる美織を、主治医は微笑ましげに見つめていたが、ふと思い出したように話しだす。

「美織様は色っぽくなられましたね。まるで魁様のようで、今日だけでも姿が重なって見えたような錯覚に何度か陥りました。魁様のご加護を体内に宿しているだけありますね」

「自分ではわからないのですが、最近、よく言われます」

ただ庭を眺めているだけなのに、「魁様かと思いました」と屋敷の者に驚かれることがたびたびあるのだ。

とはいえ、朱果の林の守り女の姿を見ているからこそ、交わった相手のように姿形が変化することで、あやかしと化していくのだろうなというのも想像に難くない。

「でも、ご加護というのはしっかり実感しています。ここ最近、力が漲っているように思えてならなくて、きっとこれが魁様に守ってもらっているということなのでしょうね」

美織は自分の手のひらを見つめながら感じていることを打ち明けると、主治医は満足げに頷き返す。

「数あるあやかしの派閥の当主の中でも最上位に君臨される魁様に守っていただけるなんて、なんと幸せで頼もしいことでしょう」

その通りだと美織は微笑み、自分の腹部に手を当てて、授かった大きな幸福を噛みしめたのだった。

お茶菓子を食べつつ、詰所近くのあんみつ屋が美味しいという話で女中たちと盛り上がった後、主治医は「あまり無理をしないように。またすぐに来ますね」と言って、笑顔で屋敷を後にした。

美織のそばにいたハルとアキも「夕飯の準備の手伝いをしてきますね」と部屋を出ていくと、代わりに魁が三味線を持った八雲を連れて戻ってきた。

「弾いてくださるのですか?」

「はい。約束させられましたから」

つい先日、八雲が横笛よりも三味線の方が得意だと言い、三味線自体弾けるというのが初耳だった魁が、「美織が懐妊した暁には聴かせてもらおうか」と約束を取りつけたのだ。

八雲はわずかに肩を竦めてみせたものの、畳に腰を下ろすと真剣な面持ちとなる。

「僭越《せんえつ》ながら、美織様の懐妊を祝って一曲」

魁が美織の隣に腰を下ろしたのを確認してから、真摯に告げた。そして、棹《さお》へと慣れた手つきで指を添わせた後、勢いよく撥《ばち》で弦を弾いた。

小気味よく音が走り出し、そのうまさに美織は圧倒され目を大きく見開く。

夢中になって聴いていると、音につられたかのように女中たちも次々と戸口から覗き込んできて、みな美織と同じように目を輝かせる。

あっという間に一曲弾き終えると、美織と女中たちから拍手が湧き起こった。

八雲は無感動なまま「お粗末様でした」と呟き、軽く頭を下げる。

「そこまで弾けるくせに、なぜ今まで弾いてみせなかった」

魁が不満げに感想を口にすると、八雲は当然と言わんばかりに口を開く。

「余興のたびに引っ張り出されると面倒なので」

「そうか。なら今後は大変だな」

半笑いでの主の返答に、八雲はわずかに顔をしかめてから、「そんなことより」と強引に話を変えた。

「魁様、そろそろ約束の三ヶ月を迎えますよ。普通の小狐ならまだしも、魁様の霊力で強化され九尾と化したあれを、人間ごときが捕まえられるわけがない。もう呼び戻してもよいのでは？」

（常世に来てからもう三ヶ月が経とうとしているのね）

八雲の言葉で、美織も天川家での出来事を思い出し、現世に残してきた九尾の狐と鬼灯の簪を思い浮かべた。

「待て待て、まだ数日残っているだろう。最後までしっかり遊んでやろう。三ヶ月かけても捕まえられず、あの小僧はずっと苛立っているようだし、最後くらいはちゃんと捕まえさせてやらねば」

「人間どもをぬか喜びさせるつもりですね。捕まえたところで、ひび割れた鬼灯の宝玉に封印するのは不可能ですし」

にやりと笑う魁に、八雲が呆《あき》れたように続け、不思議に思った美織も口を挟む。

「魁様は、お忙しい中、現世に様子も見に行かれているのですか?」

八雲や隊員たちを引き連れてどこかに出かけてはすぐに戻ってきて、そしてまた出かけるという風に、魁は毎日忙しく過ごしている。真夜中でもそれは同じなので、大変だろうなと美織は常日頃思っていたのだ。

しかし、魁はそれに対し、ゆるりと首を横に振って答えた。

「いや、行っていない。水鏡を通して把握しているだけだ。それにしてもあの人間どもは本当に醜いな。最初は、こうなったのは簪を勝手に結界の外に出したからだと、小僧は美織に激しい怒りを覚えていたが、今はその怒りの矛先がお前の従妹に移ったようだ。あの簪をしつこく欲しがっているからな」

事細かに教えてもらった状況を、美織には簡単に思い浮かべることができ、つい苦笑いする。

「水鏡とは便利なものですね」

以前の美織のように見たくないものを見てしまう場合もあるだろうが、必要なものが見られるならわざわざ足を運ぶ手間を省けるのだ。

感心している美織に対し、魁はやや気まずそうな顔をした。

「実は、昔、美織が現世に戻ってからしばらくの間、俺はずっと見ていた。両親を亡くして泣いている美織を慰めてやれないのは、もどかしくてたまらなかった」

切なそうに瞳を伏せて打ち明けてきた魁に、美織の心も痛くなる。

美織が思い出したのはほんの一部だけで、忘れていることはまだまだたくさんある。助けてもらって、お世話にもなって、現世に戻った後も心配してもらっているのに、どうして記憶の彼方に追いやってしまったのだろうと、美織は自分自身を責めたくなる。

「歯痒《はがゆ》い思いをさせてしまいましたよね」

「そのぶん、今は美織を好きなだけ甘やかせるのだから、よしとしよう」

魁はゆるりと首を横に振ってから、美織へとそっと身を寄せて、愛しむように頭部に口づけを落とした。

気恥ずかしそうに自分を見上げてきた美織に魁は微笑みを返してから、思い出したように話を続ける。

「しかし、美織にあげた鬼灯の簪を、あの従妹が当然の顔で持ち出した時は、はらわたが煮えくり返ったな。奪い返しに行こうかと思ったが、こちらにも色々と監視の目があってな、感情のままに現世に行き、美織に接触するのはよい方法ではないため我慢はしたが」

朱蛇の「生きているとわかれば、魁殿の弱みと踏んで奪い去ろうとするあやかしも出てくる」という言葉を美織は思い出し、自分の身に危険が及ばないことを最優先とすべく我慢してくれたのだと、魁への感謝の思いを募らせる。

それと同時に、幼い頃の記憶がふっと蘇ってきて、美織は表情を曇らせる。

「今また現世に戻った後のことを思い出しました」

「どんなことだ？」

驚きつつも先を促す魁をちらりと見てから、美織は言い難そうに話を続ける。

「鬼灯の簪がなくなっているのに気付いて、私は瑠花になにか知らないかと聞いたのです。でもそんなの知らないと突っぱねられてしまいました」

彼女が素直に認めるわけもなく、逆に頬を叩かれ、「あんたなんかに誰が簪をくれるっていうのよ、夢でも見ていたんじゃないの？」と突き放されたのだ。そして、みんなから雑に扱われ始めると自己肯定感も消えていき、美織は夢を見ていたのだと思うようになっていった。

そこでふと疑問が浮かび、美織は魁へ問いかける。

「瑠花が持っていた鬼灯の簪が、どうして天川家に？」

「女が持っていた簪に強い霊力がこもっているのを父親が気付いて取り上げた。そして、簪を天川家にちらつかせ、差し出す代わりにと娘と小僧の婚約を強引に決めさせたんだ」

天川尚人の婚約者に瑠花が早々に決まった背景にそんなことがあったのかと美織は驚く。

瑠花ばかりが天川尚人にご執心で、相手側はそれほどでもない様子だったため、ふたりの温度差の違和感がようやく腑に落ちた。

「美織のためになればと、鬼灯の宝玉を依り代にして俺の霊力の化身である九尾を贈った。それゆえ、他の誰かに力を貸す気などさらさらなく、少々暴れもしたが……途中で考えが変わった」

美織はわずかに首を傾げて、続きを促すように魁を見つめる。魁も肩を竦めつつ、理由を口にした。

「常世の空気を纏って現世に帰った美織は、しばらく怨霊に狙われやすい状態になってしまっていた。俺が出ていけば早いがそうもいかない。だから天川家に九尾を与えて美織の身を守らせることにした。すべて俺が仕向けたこと」

そこで魁は、「あいつらに封じられたかのように装ってやったんだ」とこっそり教えてくれた。

天川家の祭壇はとても立派なものだったが、途端にすべてが陳腐に思えてしまい、美織は小さく笑う。

「あれからもうすぐ十年が経つ。そろそろ美織を迎えに行ってもよいかと考えても、お前はあの頃の記憶を丸々手放してしまったようだし、どうしたものかと考えていたんだ」

美織が気まずそうにすると、魁はその必要はないというように、美織のおでこに再び口づけた。

「そうしたら、あの女が、鬼灯の簪を髪に挿したではないか。あれは美織に贈った物だ。美織以外が身につけることは到底許せない。俺の怒りが水鏡を通して伝わったらしく、思わず九尾は宝玉から飛び出してしまった。……しかしあの女は本当に欲深いな。あれから何度も簪に触れようとしてきた。そのたび追い払われているが」

今まで美織がどれだけ瑠花の態度に理不尽さを感じても、周りはみな瑠花の味方で、理解などしてくれなかった。だから美織は、魁の言葉に救われたような気持ちになっていく。

「九尾を呼び戻す際に、鬼灯の宝玉を粉砕させてしまうことにしよう。俺と美織を繋ぐ役目を終えたといっても、やはり、美織以外の者が、特にあの女が簪を所持するのは気分がよくない」

ためらいなく、魁がそんなことを言い出したため、美織は目を大きく見開いた。

「あれはお母様の形見でしたよね？　粉砕してしまってよろしいのですか？」

幼い頃の別れの場面で、魁が鬼灯の簪を母の形見だと言っていた。そのため、焦りと共に飛び出した美織の言葉に、今度は魁が驚く番となる。

「そんなことも思い出しているのか。ああ、確かにその通りだが構わない。つい最近、賽の河原近くで立派な鬼灯の宝玉が採取されたからな。それを使って誰の手垢《てあか》もついていない美織だけのものを作ればいい。だから、わざわざ現世に出向き、回収する必要はない」

持ち主である魁本人にそうはっきり告げられてしまうと、美織はそれ以上なにも言えなくなる。

「私は、もうたくさんいただいております。魁様のおそばにいられるだけで、十分すぎるほど幸せですので、どうかお気になさらずに」

美織の心からの言葉に、魁は嬉しそうに目を細める。

「そろそろ祝言の日取りを決めよう。早く夫婦となろう、俺の可愛い美織よ」

そっと右手に触れてきた魁の手の上に、美織は自分の左手を重ね置いて、にっこりと笑いかける。

「私は本当に幸せ者ですね」

魁と美織が顔を見合わせて微笑み合っていると、羽のはばたく音が聞こえてくる。庭に目を向ければ、ちょうど隊員の天狗が舞い降りてきた。

「魁様」と呼びかけられ魁が円形の窓へと歩み寄ると、すぐさま天狗もそばに近寄り、なにやら話し始める。

魁は小さくため息をついたのち、美織のもとに戻ってきて、軽く頬に口づけた。

「少し出てくる。すぐ戻るから休んでいろ」

「わかりました。お気を付けて行ってらっしゃい」

美織が微笑んで頷くと、魁はいつものように八雲を引き連れて、部屋を後にした。

魁の気配が遠ざかったことに少しばかり寂しさを感じつつも、美織の中で複雑な感情が広がり、徐々に顔が俯いていく。

(鬼灯の簪は魁様のお母様の形見なのに、粉砕なんてしてしまったら後悔しないだろうか)

そんな考えがぐるぐると頭を巡り、美織は小さく息をつく。

彼の心がもうすでに決まっていたとしても、鬼灯の簪がこのまま消えてなくなってしまうのはやはり心がつらい。

それに瑠花のことだ、今この時も自分の物にすべく、虎視眈々《こしたんたん》と狙っているに違いない。

たった一時だけだとしても、鬼灯の簪が瑠花の手に渡るのは絶対に嫌だと、美織は強く思う。あの簪は魁から自分への最初の贈り物なのだ。

（今までは瑠花の望み通りに生きてきた。でも、魁様からいただいた簪だけは諦められないし、渡したくない）

どうしたらいいのかと頭を悩ませても答えは出ず、代わりに現世での現状を確認できないだろうかという考えに至る。

美織は我慢できないというようにその場から立ち上がった。

八雲によって閉められたばかりの襖をためらいがちに開けて、廊下の様子をうかがった後、埃《ほこり》ひとつない廊下をゆっくりと歩き出す。

向かう先はもちろん水鏡のある小部屋だ。

小部屋に誰もいないのを確認してから、美織は大きく深呼吸して室内へと入った。

久しぶりに向き合う瑠花に負けないように心を強く持ち、覚悟と共に水鏡の前に立つ。

すると、鏡面に見覚えのある建物が映り込み、一拍置いて、天川家の屋敷の玄関先だと美織は気付く。

（鬼灯の簪をちゃんと大切に扱っているわよね？　……九尾の様子も確認できたらいいのだけれど）

気になる点はあるが、鏡面に映り込む光景が変化する様子はない。

見たいところが見られず歯痒さを覚えた時、鏡の端に瑠花の姿がほんの一瞬映り込む。

聞き取れはしないが喋り声のようなものまで聞こえてきて、美織は思わず息を呑む。

しかしすぐに、瑠花の様子を知れないかと、姿を探すようにして水鏡に顔を近づけた。

水鏡の鏡面に手が触れた瞬間、周囲の景色がゆらりと回転し、気が付いた時にはもう、美織は池の水面上に立っていた。

場所が場所なだけにとっさに美織は慌てるが、朱果の林での魁みたいにしっかりと水面に立てていて、沈むことはない。

戸惑っているうちに池の水面がゆらりと揺れ、そこに水鏡が置いてあった魁の屋敷の小部屋が数秒映し出されたことで美織はなんとなく理解する。

（この池も水鏡と同じなんだ。朱果の林の水面と一緒だと考えた方がいいかもしれない）

さっきまでは昼間だったのに、今、美織の頭上に広がっているのは明るい月夜。そして、目の前にあるのは、もう二度と来ることはないだろうと思っていた天川家の屋敷だった。

瑠花たちの様子が見たかっただけなのに、どうやら現世に引き込まれてしまったらしい。

常世に戻れるだろうかと不安になりかけるが、この池が魁の屋敷と繋がっているのがわかっているからか、なんとかなるだろうと思えてくる。

仮に戻るのにもたもたしてしまっても、自分がいなくなったことに魁が気付けば、きっとすぐに迎えに来てくれるはずと考え、楽観的な気分になっていった。

（あやかしに生まれ変わろうとしている自分を、こんなところで実感させられるなんて）

改めて池の上に難なく立っている自分を見て、美織は小さく微笑んだが、屋敷の中から瑠花の声が聞こえ、瞬時に表情を強張らせる。

鉢合わせする前に常世に戻りたいと、その場であたふたし始めたが、再び聞こえた話し声から「鬼灯の簪」と聞き取ってしまえば、もう見過ごすことはできない。

美織は屋敷に向かってゆっくり歩き出した。

現世は夜であるのも幸いし、美織は誰とも会うことなく、瑠花の喋り声が聞こえる方へと足音も立てずに進んでいく。

声がするのは鬼灯の簪が祀られていたあの板の間で、美織は戸口の手前で立ち止まった。

「天川家はもうおしまいだ」

「おしまいだなんて、そんなことないわ。九尾の狐なんかに頼らなくたって、尚人さんはずっと変わらずに陰陽道を牽引しているじゃない」

床の間には、項垂れる尚人と彼を励ます瑠花の姿があった。寄り添うように瑠花が尚人に触れた瞬間、尚人が瑠花の手を払い除《の》けた。

「知った風な口をきくな！　この三ヶ月、俺がどれだけ必死に頂点の座を守り続けたか知らないくせに！」

尚人はそう叫んでから、大きく息をつき、さらに冷たく言い放つ。

「九尾の狐を取り戻せなかった時は、お前との婚約はなかったことにする」

「ちょ、ちょっと待ってよ、尚人さん」

「そもそも、厳重に張り巡らせていた結界の外に簪を出したのはお前ら従姉妹だろ。それなのにお前は九尾の狐を捕まえようと知恵を絞ることもなく、ただ見ているだけ。ふざけるな！」

「違うわ。私たちじゃなくて、美織よ」と瑠花は尚人にすがりつこうとするも、体を押しやるように拒絶される。

瑠花は苦しげに俯いていたが、やがて、小さく笑って顔を上げ、開き直った様子で尚人と向き合った。

「わかったわ。白紙にでもなんでもすればいい。その代わり、あの簪は返してもらうわ」

「だめよ。あなたには渡さない」

黙って聞いていた美織だったが、そこで我慢できなくなって板の間に足を踏み入れた。もちろん突然現れた美織に瑠花と尚人は唖然とする。

「み、美織！　鬼に食われたんじゃなかったの……って、本当に美織なの？」

瑠花は目の前にいる美織が、自分の知っている彼女ではないことにすぐに気付いた。いつもおどおどし口ごもってばかりいた美織が、今はとても堂々としていて、なおかつ色気を纏っている。その美しさは思わず目を奪われるほどで、まったくの別人のように感じられたからだ。

尚人も一瞬面食らったものの、すぐに美織の変化の理由を見抜いた。

「違う。あやかしだ。こいつはお前の従姉じゃない」

印を結んだ尚人が呪を唱えると、美織の周りに結界が敷かれ、同時に呪符のようなものも浮かび上がってくる。

しかし、美織の体から発した光が、簡単にそれらを打ち破る。すべて無効化されてしまったことに尚人は驚愕《きょうがく》の表情を浮かべた。

美織もなにが起きたのか理解できずにぽかんとしたが、光を放った瞬間に感じた温もりが、魁に抱きしめられた時のそれと似ていたことに気付くまで時間はかからなかった。

離れていても自分は彼に守られているのだと胸を熱くさせながら、美織は満ち足りた顔で改めてふたりと向き合う。

「確かに、人ではなくなりつつありますけれど、私は美織で間違いありません」

隠す必要はないため正直に打ち明けてから、美織は自分を警戒して睨みつけてくる尚人に苦笑いする。

「そんなに怖い顔をしないでください。鬼灯の簪を返してもらったら、すぐに帰りますから……あの、鬼灯の簪はどこにあるのですか？」

祭壇はそのままだが、そこに簪は置かれていなかった。

どこにあるのだろうかと魁の気配を探るように室内を見回した美織に向かって、瑠花が大きく叫んだ。

「待って！　あれは私の物よ。奪い取ろうだなんて許さない！」

瑠夏に怒鳴りつけられて美織は顔を強張らせたが、これだけは絶対に譲れないとぎゅっと拳を握りしめ、はっきりと力強く告げた。

「あなたの許しなど必要ない。鬼灯の簪は、私があの方からもらった物なのだから。むしろあなたには謝ってもらいたい。私から簪を盗んだことを」

反論されたことに、瑠花は言葉を詰まらせる。しかしすぐに、不満を露わにするように足取り荒く美織へと近づき、「生意気よ！」と手を振り上げた。

いつものように瑠花は美織を叩こうとするが、それを邪魔するように強い風が吹き抜ける。

風と共にどこからともなく現れた九尾の狐が美織のそばでぴたりと動きを止める。

自分をじろりと見つめてきた九尾の狐の瞳が、ほんの一瞬ではあったが魁が時折見せる蛇に似た目と同じになり、美織は思わず口元に手を当てた。

「魁様……す、すぐに帰ります。簪を返してもらったら」

九尾の狐に向かって言い訳を始めた美織を見て、尚人はわずかに笑みを浮かべた。

「わかった。負けを認めて、簪を返そう……こっちだ」

降参だとばかりに肩を竦めた尚人は、美織に向かって手招きをした後、廊下へと出た。

「待って！　簪は私の物よ。返すなら、私の方でしょ！」

しかし、彼に続いて廊下に飛び出したのは、ついていくべきか迷っている美織ではなく、不満顔の瑠花だった。

訴えかけるように瑠花が手を伸ばしたが、尚人はその手を避けて睨みつけた。

「簪はお前ではなく、本来の持ち主に返す」

尚人にそう告げられ、瑠花は信じられないと大きく目を見開いた。

「俺が負けを認めたのだから婚約も白紙だ。今ここでお前との縁は切れた。さっさと消え失せろ！」

尚人が声を荒らげると、騒ぎに気付いた使用人らしき男性が廊下を走ってやってきた。

「その女を屋敷からつまみ出せ」

尚人が瑠花を指差して指示を送ると、男性は戸惑いながらも「はい」と返事をして瑠花を捕まえる。

男に少し手荒に引きずられながら「簪は私の物よ！」と叫ぶ瑠花を、美織は気の毒そうに見つめていたが、尚人に「こちらだ」と再び促され、ようやく彼に続く決心をする。

屋敷を奥へと進み、やがて足を止めたのは、格子扉の小部屋の前だった。

尚人は扉を開けて、骨董品《こっとうひん》や巻物などが所狭しと並んでいる室内へと入り、その片隅にひっそりとたたずむ棚の前へと向かった。

美織はなんとなく中に入りたくなくて、戸口に立ったまま様子をうかがう。

　ギギッと軋《きし》む音を立てながら、尚人が観音開きの戸を開ける。そこに鬼灯の簪があるのを目で確認してから、ようやく美織も足を踏み入れ、尚人に問いかける。

「どうしてこんなところに？」

「あの女が勝手に触ったり、持ち出そうとしたりするから隠したんだ」

　格子扉だからか座敷牢のようにも見えるため、陰気な場所を嫌う瑠花なら確かに近づかないだろうと納得する。

　鬼灯の簪を差し出されて美織も手を伸ばしたが、受け取る寸前、尚人がもう片方の手で美織の腕を掴んだ。そのまま力強く前へと引っ張られてしまい、美織はお腹を庇《かば》うようにしながら床に両膝を打ちつけて倒れ込む。

「なにをするのですか」

　痛みをこらえながら肩越しに振り返った美織は、小部屋に飛び込んできた九尾の狐を尚人が捕まえたのを目にし、息を呑む。

　慌てて立ち上がろうとするが、素早く尚人が小部屋を出て格子戸を閉めた上に閂《かんぬき》までかけてしまう。

「悪いが、先ほどの発言は取り消させてもらう」

「開けなさい」と美織は要求するが、尚人はにやりと笑うだけで、動かない。

「見つけ出すのも困難だった九尾の狐が、お前のそばから離れようとしない。そんな絶好の機会を逃すわけがないだろう。うるさい婚約者はいなくなり、これで霊力もまた俺のものだ」

鬼灯の簪を床に置き、九尾の狐を掴んだ手を宝玉に添えると、尚人は先ほどとは違う呪を懸命に唱え始めた。

九尾の狐を宝玉に封じ込めるのに成功し、尚人が喜びに口元を緩めたその瞬間、橙色の宝玉は呆気《あっけ》なく砕け散った。

その光景に尚人と美織は呆然《ぼうぜん》とするが、徐々に込み上げてきた憤りをぶつけるように、尚人は美織を睨みつけた。

「お前、なにか細工をしたな！　滅してやる！」

尚人が一心不乱に呪を唱え始めたことで頭が割れるように痛くなり、美織はうずくまる。

「やめて」と美織が繰り返し訴え続けて数秒後、尚人の声がぴたりと途切れた。

「大人しく印を解くか、もしくは死ぬか」

冷たい声音が響くと共に室内の温度が一気に下がり、闇が深くなる。

頭痛から解放された美織は、尚人の背後から彼の首元に刃を突きつけている魁の姿を目にし、ほっと安堵の息をついた。

きっと迎えに来てくれると思っていたが、こうして実際に目にしたことで、嬉しくて胸がいっぱいになっていく。

尚人はぐっと唇を噛んだ後、素早く手近の壺《つぼ》を掴み取り、投げつけようとする。しかし、魁の瞳が漆黒の鈍い輝きを放つと同時に尚人は弾き飛ばされ、背中を壁に打ちつけた。

瞬きの間に魁は尚人のもとへ移動し、そのまま磔《はりつけ》にでもするかのように尚人の首を掴んで壁に押しつける。

尚人は逃げようともがいたが、魁の手から逃れることはできず、やがて息苦しさから意識を手放した。

魁は尚人から手を離し、手にしていた刀を鞘《さや》に納めると、足元でぐったりと横たわった体を見下ろす。

「くだらない人間よ。欲をかくからこうなる。これからは実力に見合った生き方をしていくんだな」

わずかに肩を竦めた後、魁は格子戸へと体を向けた。すると、障害物を取り除くかのように九尾の狐が格子を破壊し、魁が素早く美織のもとへ歩み寄っていく。

そのまま横抱きに抱え上げられた美織は、気まずさでいっぱいになりながら謝罪した。

「勝手にごめんなさい。魁様からの初めての贈り物をどうしても失いたくなくて、なんとかして取り戻せないかと」

「そのように気にしてくれていたのか。気付いてやれず、すまない」

美織はとんでもないと首を横に振った後、床に落ちている壊れてしまった鬼灯の簪へと目を向けた。

すると、宙を駆け回っていた九尾の狐が舞い降りて、鬼灯の簪を咥え、そのまま美織の手元に落とした。

美織は「ありがとうございます」と囁きかけて、再び宙を駆け回り始めた小さな姿を目で追いかけた。

「魁様は、最後は捕まえさせてやろうと言っていましたよね。九尾の狐を封印しようとすれば、宝玉が耐えきれず粉砕するとわかっていたのですね」

確信を持った問いかけに、魁は頷きながら歩き出し、呆れた様子で口を開く。

「人間どもの扱いが雑すぎて、三ヶ月前よりもひびは深くなっていた。正直、宝玉はいつ割れてもおかしくない状況だった。だから最後はわざと捕まり封印させて、粉砕したことで浮かべるだろう絶望の表情を見てから、九尾を退散させるつもりだった。美織には、そこまでちゃんと話しておくべきだったな」

魁はにやりと笑った後、もうひとつ秘密にしていた計画を打ち明ける。

「この前話した鬼灯の宝玉だが、美織への贈り物にすべく、今、懸命に石を磨いているところだ。心を込めて贈らせてもらうから、楽しみにしていろ」

美織は驚いて大きく目を見開いたのち、嬉しそうににっこりと微笑み、腹部に手を添える。

「はい。この子と共に、楽しみに待ちたいと思います」

ふたりに対し恐れ慄く天川家の人間たちには目もくれず、魁は美織を抱きかかえたまま、屋敷の庭へと出た。

そこで、今まさに門の外へと追い出されそうになっていた瑠花が、魁と美織の姿に気付き、自分を捕らえていた男の手を振り払ってふたりのもとへと駆け出す。

「美織、ちょっと待ちなさいよ！　こうなったのは、すべてあんたのせい！　あんたが役立たずで、私の足ばっかり引っ張るから……」

魁が池の方を見つめたまま足を止めた。

瑠花は饒舌《じょうぜつ》に主張しながら近づくも、ふたりまであと五歩ほどの距離まで来たところで急停止する。

抑えられていた霊力が一気に解放されたかのように、辺り一帯が強い霊力で満ち溢れていく。

圧倒的霊力の差によって強制的に植えつけられた恐怖感に瑠花は取り乱しそうになり、動かなくなった体がガクガクと震えだす。

「黙れ、不愉快だ」

魁は苛立たしげに短く吐き捨て、瑠花へと顔を向ける。

魁と目が合ったことで、瑠花の心は死の闇に蝕《むしば》まれ、「ひっ」と引きつった声をあげる。

「妻を罵《ののし》り、虐げようとする人間など不要でしかない。まだ喋るつもりなら殺す」

それは冗談などでは決してないことを瑠花は本能で理解する。

魁から殺気のこもった目で睨みつけられてしまえば、もう瑠花は耐えられない。ふらつく足で一歩二歩と後退した後、その場に崩れ落ちた。

魁は煩わしいとばかりに顔をしかめて、視線を前へ戻した。池の手前まで進んでから、九尾の狐が自分たちに追いつくのを待って美織に話しかける。

「さあ美織、常世へと帰ろう」

「はい、魁様」

美織は自分のすべてを委ねるように、魁の胸に頬を寄せて目を閉じる。

魁はそんな美織へ愛おしそうに微笑みかけた後、静かに池へと足を踏み出したのだった。

あやかしたちは夜の闇に包み込まれるようにして人間たちの前から姿を消した。

しばらくして何事もなかったかのように虫たちが鳴き始めたところで、ようやく瑠花は息を吐き出し、いまだ震えの残る体を両手で抱きしめた。

あやかしとはなんとも恐ろしい。恐ろしいが、あれほど強く美しい男を瑠花は知らない。

圧倒的な力に守られていた美織は、とても満ち足りた顔をしていたというのに、尚人から婚約を白紙に戻され、誰からも守ってもらえない自分は惨《みじ》めでしかない。

湧き上がってくる悔しさと嫉妬をぶつけるように、瑠花は拳を握りしめて繰り返し地面を叩いた。

四幕、御霊の洞穴

美織が魁の子どもをお腹に宿してから五ヶ月が過ぎた。

しとしとと降り落ちる雨音が静かに響く室内で、往診にやってきた主治医が布団の上に座っている美織のちょっぴり膨らんだ腹部に手を当てている。

霊力を放って胎児の様子を探っている主治医は、無言のまま真剣な顔を崩さない。

これは毎回行われることだが、今回はいつもより時間がかかっている気がして、美織は不安そうに表情を曇らせた。

付き添って美織の傍らを陣取っている魁も、その様子を気にかけるように美織をじっと見つめる。

なにか気になる点があるのかと、美織が思い切って聞いてみようか迷っていると、主治医がようやく顔を上げてにっこりと笑った。

「順調に育っておりますよ。でも、赤子の霊力は前回同様、あまり高まっていないようです」

美織がホッとしたのも束《つか》の間、主治医の口から続いて出てきた言葉にわずかに息を呑む。

「どうしたら霊力を高められるのでしょう?」

「そうですねぇ……、霊力の高いあやかしは御霊《みたま》の洞穴《ほらあな》を利用しますけど」

この屋敷の敷地内には、魁の祖先にあたるあやかしたちが祀られた、御霊の洞穴と呼ばれる場所が存在する。そこで精神統一すると、霊力を高めたり乱れを整えたりできるため、魁や八雲たちはよく足を運んでいるらしい。

とはいえ、利用しているのは彼らの他には上官隊員の数名くらいで、下っ端は近寄ろうともしない。なぜなら、祀られているあやかしたちは霊力の強い者ばかりなため、霊力の低い者ではその高い霊力に心と体がやられてしまうからだ。

「御霊の洞穴は、霊力が弱いと体調不良を引き起こすと聞いています」

「一般的にはそうですが、美織様は魁様の霊力ごとお腹に宿していらっしゃいますから、もしかしたら難なく利用できるかもしれません」

「わっ、私でも効果を得られるかもしれないのですね」

「おい」

主治医の言葉に美織は希望に目を輝かせるが、突然魁の不機嫌な声が響いたことで、驚きと共に彼を見た。

「出産に関して、母子共に無事ならそれでいい。美織に必要以上の無理をさせるな」

魁から不快そうに顔を歪められたことで、主治医は今さっきの自分の言葉が彼の不興を買ってしまったのに気付き、顔を青ざめさせた。そして、慌てて魁に向かってひれ伏し、「失礼しました」と声を震わせる。

さっきの言葉は悪意があってのことでないのは十分理解しているため、小さくなって怯えている主治医の姿に美織は居たたまれなくなる。

そっと手を伸ばして魁の手に触れた後、笑いかけるようにして彼を宥《なだ》めた。

美織の微笑みに、魁は表情をわずかに和らげ、美織の手の上に自分のもう片方の手を重ねる。

顔を伏せたまま、魁の怒りが引くのをひたすら願っていた主治医は、場に満ちていた殺気が引いていったことで、涙目のまま肩の力を抜いた。

いつもこうして自分を気遣ってくれる魁の優しさは、美織にとってとても嬉しいものである。しかしその反面、主治医の言葉は、この屋敷で魁に仕えているあやかしたち全員の思いだというのもちゃんと気付いていた。

以前、例大祭の祭りで魁の部隊の詰所に向かった時、八雲が「美織様はいずれ魁様のお子を産む大切な身」と言っていたが、自分がみなに優しくしてもらえる理由はまさにそれだろうと、美織は身籠ってから強く思うようになっていた。

魁の霊力と相性がよく、その力を強く受け継ぐ子を産める人間であるからこそ、みな美織を大切に扱う。存在意義がそれなのだから、主治医も当然のことを期待しているだけ。

だからこそ美織はこの出産を通して、自分があやかしに生まれ変わるだけでなく、みなの望む役目もしっかり成し遂げなくてはいけないと思うのだ。

そんな思いに強く囚《とら》われている美織の心の中には、ただ純粋にみなに喜んでもらいたいといった前向きさと、それが成し遂げられない自分はただの役立たずでしかないといった怯えが混在している。

役立たずは必要ないと、魁に屋敷を追い出されたっておかしくない。それが嫌ならば、たくさん食べて御霊の洞穴も利用し、霊力と体力を充実させなければならない。

それなのに、依然として気だるさばかりが強いところに悪阻《つわり》も加わり、最近は布団に横たわっていることが多い。

(そろそろ安定期に入ったのだから、できることはもっとちゃんとやっておきたい)

美織が軽く唇を噛んだ時、「失礼いたします」と声がかけられ、静かに襖が開けられた。

「魁様」と神妙な声で呼びかけてきた八雲の後ろに部下の天狗が数名いる。なんらかの問題を抱えて、魁のもとにやってきたのだろう。

美織は、彼の仕事の邪魔になってはいけないと、触れ合っていた手をそっと引く。

魁は離れた温もりを追いかけるようにして、美織の白い頬に触れた。

指先のくすぐったさに目を細めながら顔を上げた美織の頬に魁は口づけをすると、「すぐ戻る」と耳元で囁きかけた。

美織は彼の甘い声音に顔が熱くなるのを感じながらも、「行ってらっしゃいませ」

と言葉を返す。

魁は美織に微笑みかけてから立ち上がり、部屋を出ていった。

主治医は俯き加減で魁の後ろ姿を目で追いかけ、襖が閉められた後、申し訳なさそうに美織へと体を向けた。

「美織様、先ほどは失礼いたしました。決して負担をかけようと思ったわけではありません。強いあやかし、ましては魁様のお子様となれば、わたくしどもの希望であり、ただ純粋に今後が楽しみで仕方がなく」

「私も、それが自分の役目であるとわかっています。みなさんの期待に応えられるように頑張りますので、よろしくお願いいたします」

頭を下げてきた主治医に美織も頭を下げ返せば、「ああ、美織様、顔を上げてください」と主治医が慌てふためきだす。そして、気まずさを吹き飛ばすように、いくつか持ってきていた鞄《かばん》のひとつを手元に引き寄せた。

「そうそう、今日は美織様に手土産《てみやげ》があるのですよ。ぜひ食べていただきたくて」

そう言って、主治医は鞄の中から朱果の実、饅頭《まんじゅう》、羊羹《ようかん》、飴など、食べ物を次から次へと取り出しては並べていく。

「……こ、こんなにたくさん」

「すべて私の好物です。朱果の実は召し上がったことがありましたよね。こちらの饅頭は詰所のすぐ近くの店でも作られているものです。こし餡《あん》が美味でして、頻繁に足を運んでしまいます。団子もおすすめなので、今度買ってきますね」

説明と共に主治医は美織に饅頭を手渡す。

続けて、「それからこちらの羊羹は――」と箱に入った羊羹を手に取ろうとした時、廊下から「失礼します」と元気のいい声がかけられた。

「美織様、お疲れですよね。甘いものを買ってきたので、みんなで食べましょう！」

小気味よい音を立てて襖が開かれ、ハルとアキがニコニコ顔で入ってきたが、主治医が手にしている羊羹を視界に捉えた瞬間、信じられないといった様子で盛大に顔をしかめた。

ハルの持つ皿に羊羹が載っているのに気付いた主治医も同じように口元を引きつらせたが、すぐに美織に持参した羊羹を押しつけようとする。

「美織様、こちらの羊羹の方が絶対に美味しいです」

「待ってください！　美織様のお口にはこちらの方が合います。ずっとそばにいる私たちの方が美織様の好みはわかっておりますから」

慌ててハルとアキも美織のそばへとやってきて、羊羹の載ったお皿を押しつけようとした。

美織は戸惑いながら三人を交互に見た後、どちらの羊羹も手に取った。

「ありがとうございます。両方、ありがたくいただきます」

同じ種類の物がいくつ集まろうと、自分のことを思って選んでくれたものなのだから嬉しいに決まっていて、美織は微笑みを浮かべる。

「みんなで食べましょう。手が空いている女中さんがいましたら、呼んできてもらえますか？」

美織にお願いされたアキは「わかりました！」と返事をし、身を翻して部屋を出ていく。

「どちらも美味しそうですね。みんなで食べたら、きっともっと美味しいですよね」

ふたつの羊羹へと視線を落として幸せそうに呟いた美織に、主治医とハルは表情を穏やかにさせる。

「美織様は可愛らしいですよね」

「本当です。可憐《かれん》な小花のようで、魁様がベタ惚れなのも納得です」

「べっ、ベタ惚れだなんて」

ふたりからうっとりと飛び出した言葉に美織は大きく目を見開き、持っていた羊羹を思わず取り落としそうになる。

「魁様が私なんかをそんな風に……とっ、とんでもないです。魁様はお優しい方だから、私を放っておけないだけで」

恥ずかしくてたまらなくなりながら美織が否定すると、ふたりは顔を見合わせたのち、ハルが楽しそうに笑ってはっきり告げる。

「魁様がお優しくされる女性は美織様だけですよ」

「……えっ、でも」

「確かにそうですね。あのような優しいお顔は美織様に対してだけです」

続いた主治医の言葉で、美織は記憶を掘り返す。

魁を思い出すと、優しく微笑みかけてくれる姿が浮かんでくる。それに対し、他の人に対して彼が向けるのは、美しくも冷たい面持ちばかり。

確かに魁は、自分の力をしっかりと受け継ぐ子を産める貴重な存在というよりは、浅羽美織というひとりの人間として、美織を大事にしようとしてくれている。

気付かされた事実に動揺し言葉を失った美織に、ハルはとっておきの情報を打ち明けるべく得意げに口を開く。

「これまで、魁様に気に入られたくて屋敷まで押しかけてきたあやかしの女を数多く見てきましたけれど、まったく見向きもしませんでしたからね。嫌そうに顔をしかめて門前払いです」

そんなことがあったのかと言わんばかりに美織が目を見開くと、主治医も負けずに話しだす。

「わたくしも美織様の往診を始めたばかりの頃は、驚きましたよ。簡単に他を寄せつけない魁様がこれほどまでに穏やかな表情をされるのかと」

「美織様の魁様を見つめる眼差しもお優しいし、愛おしさに満ちていらっしゃいます。相思相愛ですね。美男美女ですし、お似合いのふたりです」

うっとりと笑いながらのハルの言葉に、美織の驚きが増していく。

魁が自分に特別な感情を抱いてくれていると想像するだけでも、信じられなくて頭の中が真っ白になるというのに、自分も魁に対して特別な想いを抱いているかのように言われてしまうと心の処理が追いつかず、戸惑いも大きくなっていく。

魁を信頼し、ずっとそばに置いてもらいたいと望んでいるけれど、それが恋とか愛とかいう感情なのかは判断できない。そもそも、ずっと心を閉ざして生きてきた美織には、恋というものがよくわからない。

完全に動きを止めてしまった美織には気付かぬまま、ハルと主治医は賑やかに話を続ける。

「町のあやかしたちも、みな同じように驚いていました。中には美織様に嫉妬する者もおりましたよ」

「嫉妬しても無駄なのに。なにせ魁様は美織様だけに長く想いを寄せておりますから。母上様の形見である鬼灯の簪をあっさり渡してしまうほど、美織様は特別なのです」

美織は無意識に棚へと目を向ける。そこには小物入れとして使っている小鉢があり、瑠花と天川家から取り返した鬼灯の簪が置いてある。

宝玉は破損してしまったためもうない。しかし、修理をして似たような姿に戻せたらと美織は考えているのだ。

「鬼灯の簪、懐かしいですね。母上様がつけていたのを何度か見たことがあります。とても似合っておられました」

主治医も美織と同じように鬼灯の簪へと目を向けて、懐かしむようにしみじみと呟く。

魁の母がどんな方だったのか色々教えてもらえるかと、美織が主治医の次の言葉を待っていると、突然主治医は顔を青ざめさせ、口に手を当てた。

「ああ、そうでした。わたくしうっかりしておりました。魁様が美織様の体調を気になさるのは母上様のこともあったからかもしれませんね」

「どういうことですか？」

「魁様の母上である沙月《さつき》様も、美織様と同じく人間からあやかしになった方です。とても霊力が高い方だったのは、今の魁様を考えればわかると思います。でも体が弱くて、魁様を産んだ後、体調を崩してしまいまして。だから……」

美織も魁の態度の理由を理解し、そして彼の「出産に関して、母子共に無事ならそれでいい。美織に必要以上の無理をさせるな」という言葉を思い出し、目に涙を浮かべた。

そんな経緯があったから余計に気を使ってくれているのだと美織は考える。

霊力を受け継いだ赤子を産むためには、今後御霊の洞穴に入ることもありえるだろう。しかしそのことで体調を崩せば、魁につらい思いをさせてしまう。

どうしたらいいのかと考えを巡らせた後、美織は鬼灯の簪へと視線を上げた。

(体が弱かった魁様のお母様は、出産までの日々をどのように過ごしたのだろう。御霊の洞穴にも入ったのかな。私はどうしたら魁様や屋敷のみんなの役に立てるの?)

様々な不安を募らせながら、美織は顔も知らない魁の母親へと思いを馳せた。

立ち込めていた雨雲が去り、空が晴れ渡ったその翌日。

美織はハルとアキと共に庭に出て、のんびりとした足取りで散歩を楽しんでいた。

途中で足を止めては、咲いている花の香りを楽しんだり、どこからともなく駆けてきた狛犬たちや九尾の狐を撫でたりした。

花の咲き乱れる庭園を一緒になって進んでいくうちに、美織は横道があることに気付き、その先にある薄暗い林をじっと見つめた。

何度か庭園に足を運んだことはあったが、このような林があるのは知らなかった。

見た目はただの林なのだが、なぜか気になり目を離せないでいると、九尾の狐が横道へとわずかに踏み込み、美織をちらりと振り返り見た。

こちらにおいでと誘われている気持ちになると同時に、狛犬たちが「クーン」と甘えるような鳴き声をあげ、尻尾を振りつつ横道を突き進んでいく。

あの林の中になにがあるのか気になって仕方なくなり、美織も三匹を追いかけるように横道へと逸れた。

後ろで「美織様！」という呼び声が響いた後、ハルとアキが慌てた様子で駆け寄ってくる。

「美織様、いきなりどうしましたか？」

「あの……林がとても気になってしまって。ちょっとだけ入ってみたいのですが大丈夫でしょうか」

「もちろん構いませんよ。そういえば、まだ見に行っておりませんでしたね。御霊の洞穴はあの林の奥にあるのです。もしかして呼ばれているのかもしれません」

気になっていた御霊の洞穴に自覚なく向かっていたことに驚きを隠せぬまま、美織は自分の両隣に並んだハルとアキへ戸惑いの視線を送った。

三匹に先導される形で林の中を進んでいくと、切り立った岩山にぶつかり、思わず美織は確認する。

「ここは魁様の屋敷の敷地内なのですよね？」

庭にいるとは思えないくらい大きな岩山が広がっているため、どこかで敷地の外へ出てしまったのかもと美織は思ったのだが、すぐさまハルとアキから「はい」と返事が来て、苦笑いを浮かべた。

美織が岩山を見上げてただただ圧倒されていると、アキが声をかけてくる。

「美織様、あちらが御霊の洞穴の入り口です」

言われて目を向けると、大人ふたりが並んで入れるくらい大きな洞穴の入り口を見つけ、美織はそちらに向かってゆっくり歩き出す。

入り口の前に立つと、洞穴の奥から美織に向かって風が吹き抜け、入り口の上部に張られたしめ縄から下がっている紙垂が大きく揺れた。

中はどうなっているのか入ってみたいという高揚感もあるが、それよりも入り口近くに立ち込めている張り詰めた空気と、吹いた風から感じ取った威圧感に美織は恐れを覚える。

それだけでなく、御霊の洞穴の奥から微かに聞こえてきた声が、瑠花の怒鳴り声に似ているように思え、一気に心が重苦しくなっていく。

ハルとアキもそれ以上は近づきたくない様子で、美織に囁きかけた。

「美織様、中に入るのはまた今度にしましょうね。魁様にひと言断ってからの方がよいと思いますし」

「……そ、そうですね」

美織もすっかり足が重くなり、前に進めそうにない。そのためすぐに同意したのだが、代わりに九尾の狐と狛犬たちが嬉しそうな様子で洞穴の中へと駆け込んでいった。

（あの三匹は入って平気なのかしら）

そんな不安を覚えたが、三匹とも怖がる様子がなかったことや、八雲ほどではないが魁と行動を共にすることも多いため、揃って霊力が高いのだろうという考えに至る。

放っておいて大丈夫なのか、それとも戻ってくるのを待っているべきなのかと頭を悩ませていると、洞穴の奥から狛犬の楽しげな鳴き声が響き、次第に駆け戻ってくる足音も聞こえてきた。

すると、狛犬の足音に他の足音も混ざり始め、やがて洞穴の奥の暗がりから魁と八雲が姿を現した。

まさか彼が出てくると思っていなかった美織は「魁様」と驚きの声をあげ、魁もすぐに美織がいることに気が付く。

「美織。どうしてここに」

「庭を散歩していたら林を見つけて、そしたら御霊の洞穴があると教えてもらいまして、どのような場所なのかとこうして足を伸ばしてみました」

すぐさま自分のもとへやってきた魁にここに来た経緯を説明しながら、美織はやはり奥から聞こえてくる怒鳴り声が気になり、ちらちらと御霊の洞穴へと視線を向ける。

落ち着かない様子の美織に、魁は静かに切り出した。

「美織、体調はどうだ？」

「今日はとてもよいです」

「そうか……それなら少し付き合ってくれ。これから町に出る」

魁からの誘いを断る理由など美織になく、迷いなく「はい」と返事をした。

屋敷の玄関先に戻ったところで美織はみなと別れ、すでに準備されていた牛車に魁と共に乗り込んだ。

以前、朱果の林へ向かった時と同じように、美織は目を輝かせて外の景色を眺めた。

町の通りを抜け、水田の中の一本道を進み、やがて、川辺へ差しかかる。

そこで牛車は停止し、美織は魁の手を借りながらそこから降りた。

「こっちだ」と手を引かれて、ゴツゴツとした石が転がっている足場の悪い河原を進んでいくと、やがて短い桟橋にたどり着く。

川は幅が広く、水は澄みきっていて魚も多く泳いでいる。対岸には深緑の葉をつけた木々が生い茂り、川と森の美しい光景に美織が見惚れていると、ぴしゃりと水が跳ねた音がして思わず振り返る。

川の上流から、滑るようにこちらへと川舟が近づいてきて、魁と美織の目の前でぴたりと停止した。

川舟の後方にいる船頭が魁に頭を下げ、「どうぞお乗りください」と声をかけた。

魁は頷いて応え、美織に「乗るぞ」と声をかけた。

舟に乗るのは初めての経験のため怖さはあったが、美織は再び魁の手を借りながら、船頭しかいない貸切状態の舟の上へと桟橋から移動する。

魁と美織が並んで腰を下ろすと、船頭が櫓《ろ》を操り、川舟が動き出す。

先ほどよりも低い位置から見る川と森の景色もとても美しく、思わず美織は「綺麗」と呟く。

そして、美麗な景色から隣にいる魁へと視線を移動させて、美織はわずかに驚く。

水面を見つめていた魁が、わずかではあるが苛立ちのため息をついたからだ。

「魁様、どうかなさいましたか？」

おずおずと美織が問いかけると魁はハッとし、ばつの悪そうな顔をする。

「すまない。先ほど御霊の洞穴で見た水鏡を思い出してしまって」

「あの場所にも水鏡があるのですね」

「ああ。屋敷の中にあるものよりも力があるゆえ、常世や現世の様々なことを事細かく見ることができる。今日は、その水鏡に用事があって足を向けたのだが……」

魁が珍しく歯切れの悪い物言いをしたため、それ以上触れない方がよいかと美織は考える。しかし、御霊の洞穴の中から、瑠花に似た怒り叫ぶ声が聞こえたこともあり、美織はためらいながらもう一歩踏み込む。

「なにか嫌なものでも見てしまったのですか？」

「その通りだ、とても気分が悪い。美織もしばらくあの場所に近づかない方がいい」

「それは、私と関係があったり……」

「なにか思うところがあるのだな？」

美織が勘付いていると察した魁が逆に問いかけると、美織は正直にこくりと頷いた。

「入り口に立った時、瑠花の怒っている声が聞こえたような気がしたのです」

魁は「聞こえてしまっていたか」と薄く笑って認めると、川の先を見つめて詳細を話しだす。

「実は、浅羽家と天川家の動向を把握すべく見張りをつけていて、そちらから不穏な動きがあると報告を受けたんだ。俺と九尾の狐の力に頼りきりだった天川家の方は、当然陰陽道とやらにおける絶対的な権威を失ったものの、もともとそれなりに力のある一族ではあったらしく、完全なる没落は免れた様子だ」

そこで魁は不満げなため息を挟み、気だるげに続ける。

「浅羽家はこのままだと陰陽道から締め出されるため、親族内の霊力のある男児と伯父夫妻の養子縁組の話を進めているところだ。とはいえ、男児の両親からの反発に遭い、なかなか思うようにいかないみたいだが」

五年ほど前に生まれた親戚の子どもに霊力があると伯父夫妻が話しているのを、美織は耳にしたことがあった。瑠花と天川尚人との結婚がうまくいかなくなった焦りから、きっと強引に話を進めようとして、親戚から反感を買っているのだろう。

「それから、あの女には商家の男との縁談が持ち上がっている。しかし、女は相手が好みではないらしく、無理にでも進めようとする親とたびたび衝突している。そして今現在、元婚約者だったあの小僧が別の女と縁を結ぶと知り、激しく苛立っているところだ」

現世に戻り鬼灯の簪を取り戻そうとした時、瑠花は破談をすんなり受け入れていたように見えた。しかし、瑠花が昔から尚人に惚れ込んでいたのも間違いなく、彼が他の女と幸せになるのはやっぱり嫌なのだろう。

（もしかしたら、天川尚人への恋心が薄れてしまうほど、瑠花は鬼灯の簪に魅了されていたのかもしれない）

鬼灯の宝玉の美しさには確かに心惹かれるものがあったため、あながち間違いではないだろうと美織は考えた。

とにかく、先ほど御霊の洞穴入り口で聞いた金切り声は瑠花で間違いない。

彼女の声なら、足が進まなくなったのも腑に落ちると、美織が頭の中で結論づけた時、魁が忌々しげに続けた。

「あの女、うまくいかないのを美織のせいにして……あやかしとなった美織を滅してやるなどとほざいていた。自分も陰陽師の家系の生まれだから、鍛錬すれば術も使えるようになるはずだとな」

「……私を滅する」

瑠花の考えに美織は唖然とし、そして、どこまで自分が疎《うと》ましいのかと心が痛くなる。

俯いた美織の肩に魁は手を回し、自分のもとへ引き寄せると、笑い飛ばすようにして考えを告げる。

「気にすることはない。あの女は大した力もない。たとえ伯父と共謀し、攻撃を仕掛けてきたとしても、今の美織ならひとりでも打ち破れるだろう。もっとも、そんなことをしようものなら、俺が黙っていないが」

まるで熱い告白を受けたかのように美織の心が震え、魁に身を任せるように、彼の肩へと自分の頭をもたれさせた。

あやかしからも一目置かれる存在である魁が味方なのだから、これ以上頼もしいことはない。出産に関する不安はあるが、彼の隣にいることを選んだのは正解だと美織は心からそう思った。

しばらく川を下っていくと、やがて町の中へと入っていく。川の両側には店や家が建ち並び、店は食事処も多いらしく、納涼床がいくつも見つけられる。

そこで食事をしていた狐耳の女たち四人がこちらに目を留めると嬉しげな声をあげた。「魁様よ！」と興奮気味な声音も届き、思わず美織は魁へと目を向ける。

整った容姿に、高い霊力を誇る彼なら女性に人気があるのもわかるが、当の本人はその声が煩わしそうに顔をしかめていた。

女性たちの声が引き金になって、居合わせた客たちも川舟へと目を向けてくる。

魁に注目が集まれば、その傍らにいる美織に視線が移動するのは仕方ない。「隣に座っているのが、魁様が娶った人間の娘か」と漏れ聞こえてきて、美織は居心地が悪くなり顔を俯かせた。

最初に気付いた狐のあやかしたちがなにやら顔をつき合わせて言葉を交わしたのち、そのうちのふたりが神妙な面持ちで席を立った。

「もしかしたら、間が悪かったかもしれない」

狐たちの意味ありげな様子に、魁は気配を探るように遠くを見つめてから、嫌そうに呟いた。

美織から疑問の眼差しを受け、魁が「気のせいであることを祈っておくか」と半笑いで答えたところで、川舟は桟橋に到着する。

「いってらっしゃいませ」と船頭に頭を下げられながら、やはり美織は魁に手を貸してもらって舟を降りた。

緩やかな坂を上って町の通りに出ると、活気ある風景が美織の前に広がる。

魁の部隊の詰所がある辺りよりも規模が大きく、行き交うあやかしたちの数も多い。

「ここは朱蛇の息がかかっている町だ」

「そうなのですね。この近くにお住まいがあるなら、ご挨拶をした方が……」

以前会った時に、自分の屋敷の近くに来た時は挨拶をしていけと言っていたのを思い出し、美織が提案するが、魁は眉根を寄せて即座に却下する。

「面倒だから、それはいい。あっちも俺がここに来た目的を把握しているだろうし、勝手に領地に出入りしても目くじらは立てないよ」

美織は「そうですか」と苦笑いで頷き、魁と並んで歩き出す。

魁はやはりあやかしたちからの注目の的で、美織は体を小さくしながらその隣を歩く。

すると途中、知っている甘い香りがして、つられるように通りすがりの店へと顔を向ける。

店先で呼び込みをしている猫目のあやかしの横で、店主が客とやり取りをしている。

店主は台の上に置かれたせいろから饅頭を三つほど取り出して、紙袋の中に入れた。

その饅頭は、主治医からもらった手土産の中にあったものと同じで、薄皮の中にたっぷりの餡が詰まっていて、とても美味しかったのを思い出す。

「帰りに買って帰ろうか」

ぽつりと囁きかけられ、美織はハッとして魁を見上げた。目が合った瞬間、ふっと笑いかけられ、美織は真顔になる。

（わ、私、もしかして物欲しそうな顔をしてしまっていたかしら）

確かに食べたいと思いはしたが、ねだろうという考えがあったわけではなく、「すみません。そういうつもりではなくて」と焦った様子で言い訳を始めた美織に、魁はもう一度笑みをこぼした。

美麗な魁の笑い顔と、仲睦《なかむつ》まじい様子にあやかしたちは視線を奪われ、ふたりが道を曲がるまで見つめ続けた。

「目的地はここだ」

曲がったすぐ先にあった店の戸を魁に続いてくぐり抜け、美織は店内を見回しながら「わあ」と感嘆の声をあげた。

そこには様々な種類の簪が並べられていた。玉簪に花簪はもちろんのこと、撥の形をしたもの、一本軸だけでなく二本軸のものもある。こんなにもたくさんの簪を目にするのは初めてだった美織は、圧倒されつつも目を輝かせた。

「ああ、魁様、いらっしゃいませ」

店の奥から現れた背の低い男のあやかしが、魁に向かって深々と頭を下げた。

「頼んでいた物を引き取りに来た」

「ただいまお持ちいたします。……そちらが花嫁様ですね。ご懐妊おめでとうございます」

続けて店主は美織にも頭を下げた。そして、「あっ、ありがとうございます」と頭を下げ返した美織に対して穏やかに微笑んで、「少々お待ちください」とひと言告げてから、店の奥へと引っ込んでいった。

美織は並んでいる簪に顔を近づけて、興味深そうに再び眺め始めたが、すぐに店主が戻ってきたため、慌てて姿勢を正した。

「魁様、こちらです。心を込めて作らせていただきました」

店主は大事そうに抱え持ってきた長方形の箱を魁に手渡す。それを受け取った魁が確認するようにすぐに蓋を開ける。

横に並んで立っていた美織も箱を覗き込み、先ほどと同じように「わあ！」と呟く。

箱の中身は真鍮《しんちゅう》の一本挿しの簪だった。純白の花々に橙色の宝玉をあしらった大きな飾りが垂れ下がるようにしてついている。

(髪に挿したら飾りが揺れて……可愛い)

揺れる飾りを想像し、思わず美織が笑みを浮かべると、魁が簪を掴み取って美織の髪に添えた。

「うん。似合うな。可愛らしい」

そのひと言で、美織は大きく目を見開き、まさかといった様子で問いかける。

「もしかして、この簪がこの前おっしゃっていた……」

「そうだ。美織に贈ると言っていたものだ」

「こっ、このように素晴らしいものを私がもらっても?」

「もちろんだ。これを受け取る権利があるのは、俺の花嫁である美織だけなのだから」

言いながら魁は簪を箱に戻し、そのまま美織に手渡した。

美織は箱を両手で受け取ったまま、本当にもらっていいのかと訴えかけるように魁を見つめる。

店主はそんなふたりを微笑ましげに眺めつつ、しみじみとした口調で話し始める。

「こうして並んでいる姿を見ていると、鬼灯の簪を先代が亡くなった奥様にお渡しした日のことを思い出します。美織様、実はあの簪も、わたくしめが作らせていただいたものなのですよ」

店主は「ふふふ」と嬉しそうに笑い声を交えながら、そう打ち明けた。

美織は驚き、「鬼灯の簪もあなたが」と少しばかり声を弾ませたが、壊れてしまった姿を思い出して口を噤《つぐ》む。

すると、美織の気持ちを察したように、店主がしずしずと話を切り出す。

「そういえば、鬼灯の宝玉が壊れてしまったと魁様からうかがいました」

「ごめんなさい。心を込めて作ってくださったものなのに」

先ほど受け取った簪はもちろんのこと、この店に並べてあるものはみな特別な輝きを放っているように見えていた。

(自分が生み出した、いわば分身が、壊れたと聞けば悲しくなるわよね)

申し訳なさで心がいっぱいになり黙り込んだ美織に、店主はなんてことない様子でにこりと笑う。

「お気になさらないでください。まったく同じにとはいかないと思いますが、修理をすることも可能ですので、よかったらご検討くださいませ。もちろん他にお気に召されたものがございましたら、そちらもよろしくお願いします。今後もぜひご贔屓《ひいき》に」

修理をしてもらうのにまさに適任ではとハッとさせられている美織に向けて、店主は商売人らしさもしっかり押し出しつつ、最後は魁と美織に対して丁寧に頭を下げたのだった。

店を出て、ふたりは先ほど歩いてきた道を戻り始める。

美織は簪の箱を大事に抱えて、魁に改まった様子で話しかけた。

「ありがとうございます。このような素敵な贈り物、とっても嬉しいです。大事にします」

「時期を見計らって、祝言をあげよう。その時はそれをつけてくれ」

「……はい！」

魁からの言葉に美織はほんの一瞬息を呑み、そして幸せいっぱいの笑みを浮かべて、返事をした。

「俺の花嫁」とはたびたび言われてはきたものの、自分の役目は彼の子どもを産むことだと強く思ってきたせいか、祝言をあげて魁と夫婦になるという想像はしないようにしていた。

そのため、自分にはそのような未来もあるのだと思うと、急に気恥ずかしくなり、そしてなにより嬉しくてたまらなく、美織は頬を熱くさせたのだった。

道を戻り、先ほど美織が目を奪われた饅頭屋の前で、魁が「せっかく来たのだし、それだけでも買っていくか」と呟いた。

店先にいる売り子のもとへと足を進めて「それを十ほどくれ」と注文した後、彼は横に並んだ美織へとわずかに肩を竦めてみせた。

「この町には職人が多い。簪だけでなく着物や小物、うまい料理を振る舞ってくれる店もある。美織が無理しない程度にいくつか見て回ろうと思っていたのだが……今日は饅頭だけ買ってさっさと帰った方がよさそうだ」

再び魁が、この町に到着した時にも見せたうんざりとした表情を浮かべた。

いったいどうしたのだろうと不思議に思って美織が首を傾げたところで、後ろから声をかけられた。

「お久しぶりです、魁様！」

その女の声に魁がため息交じりで振り返ったため、美織もつられるように顔を向ける。

(初めて見る女性だけど……綺麗な方)

目の前にいたのは艶やかで癖のない黒髪を持つ、人形のように美しい和装の女性だった。纏っている霊力も、普段美織が接しているハルやアキたちと比べて強く、整った容姿からは高貴な雰囲気が漂い、どこか近寄りがたい印象を与える。

「やはりいたのだな、智里《ちさと》」

魁が名前で彼女を呼んだことに美織は反応し、智里と呼ばれた女性と魁を交互に見た。すると、智里は魁ににこりと笑いかけ、鋭い八重歯を露わにする。

「ええ。友人の狐たちから魁様がいらしていると聞いて、ご挨拶せねばと探しました。こんな辺鄙《へんぴ》な町でお会いできるなんて、ついているわ。魁様は何用でこちらに？　もしよかったら、一緒にお食事でも……」

「いや、我が花嫁への贈り物を引き取りに来ただけだ。もう帰る」

自分の誘いを無下なく断られ、智里は嬉しげだった眼差しを一瞬で冷ややかなものへと変化させた。

「……ああ、あなたが魁様に選ばれた人間なのね」

智里は怒りを滲ませた口調で冷たく告げながら、そこで初めて美織へと目を向けた。品定めをされているのがあからさまに伝わるほどじろじろと見られて、美織は顔を強張らせて半歩後退する。

智里が、美織が手にしている簪の入った箱に目を留めて眉間に皺《しわ》を寄せたところで、魁に「おい」と機嫌悪く呼びかけられる。

たしなめられたことで、ようやく智里は美織から魁へと視線を戻し、にっこりと微笑みを浮かべた。

「器としては優秀そうで、なによりです」

あっさりとした口調で述べられた感想に、美織は思わず顔を強張らせる。

そんな美織の様子をしっかりと見て取り、智里はこらえきれないというように「ふふっ」と笑い声を挟んで続ける。

「朱蛇様が気に入っている様子だと聞いていましたし、あやかしのみんなも可愛らしい方だと話していましたから、もう少し華のある人間が選ばれたのかと想像していましたけど……見た目が貧相すぎて、ただの付き人かと思いましたわ」

悔しいけれど、魁と釣り合っていないのは自分が一番よくわかっているため、美織はなにも言い返せず、ただただ俯く。

それから智里はたまっていた鬱憤を晴らすかのように、美織に向かって饒舌に言い放った。

「いえ、魁様にとっては付き人のようなものかもしれませんわね。魁様の素晴らしい霊力をより強く引き継ぐ子どもを産めるのがあなただってだけなのだから、与えられた役目を光栄に思って、立派にやり遂げてちょうだい。楽しみにしているわ」

そこまで言うと、智里はふたりの間に割り込んで、魁の腕に自分の腕を絡めた。

「魁様、うちの一派でも近々例大祭が行われます。ぜひ、いらしてくださいな。昔みたいに紙提灯の明かりを眺めながら、ふたりきりで食事を楽しみましょう」

智里がはしゃぎながら提案した瞬間、魁が自分に触れている智里の手を手荒に振り払い、怒りのこもった眼差しで見下ろす。

「断る。お前とふたりきりで食事など、したいとも思わない」

その場が殺気で満たされ、智里は顔色を失う。

饅頭屋の店員は注文の品が入った袋を持ったまま怖がるように後退りし、居合わせたあやかしたちも怯えるように魁から距離を置く。

そんな中でも、智里はすぐに気を取り直し、まっすぐに魁を見つめた。

「……そ、そんなことをおっしゃって、よろしくて？　私は今でも、魁様の花嫁に一番相応《ふさわ》しいのは自分だと思っています。魁様も、心の底では同じ気持ちでいてくださっているのでしょう？」

魁はうんざりとため息をつくと、智里を自分の目の前から押し退け、美織を自分のもとへ引き寄せる。

「俺の花嫁となるのは美織ひとりでいい。霊力の相性とは関係なく、これほど愛おしく思える相手は美織だけだ。この命尽きるまで、彼女は俺の特別で唯一の相手だ」

魁が大事そうに美織を抱きしめた瞬間、場に満ちていた殺気が一気に和らいでいく。

彼の表情だけでなく、心の内まで見せつけられ、智里は完全に言葉を失い、あやかしたちは頬を赤らめ色めきだす。

「この先、美織を侮《あなど》るような発言をしようものなら、ただではおかない。俺を敵に回すと認識しておけ」

魁は智里にぴしゃりと言い放った後、饅頭屋の店員に「騒いですまない」と告げて、代金と饅頭の袋を交換する。そのまま智里を視界に入れることなく、美織を連れてその場を後にした。

呆然と立ち尽くす智里を気にかけながらも、あやかしたちは普段通りに動き出す。

そして智里も、ふたりの姿が通りから桟橋の方へと消えてから、悔しそうに顔を歪め、怒りを込めて拳を握りしめた。


桟橋から川舟に乗り、そこから牛車に乗り換えて、美織たちは屋敷へと戻ってくる。

「魁様、色々とありがとうございます」

玄関を上がったところで、美織は簪の入った箱と饅頭の袋を抱えたまま、改めて魁にお礼を述べた。

「すまなかった。連れ回して疲れさせた上に、嫌な気分にもさせてしまっただろう。今日はもうゆっくり休んでくれ」

魁は美織の頭を愛おしげに撫でてから、自室に向かって歩き出した。美織も彼の後ろ姿をしばらく見つめてから、自分の部屋へと向かう。

「美織様、お帰りなさいませ！」

「お出かけは、いかがでしたか？　あっ、この匂いは饅頭ですね」

部屋に入ると、土産話を心待ちにしていたらしいハルとアキが一気に美織へと近づいてくる。

美織は「魁様が買ってくださいました。みんなで食べましょう」と微笑んで、饅頭の入った袋をアキに渡した。

アキが「お茶でも淹《い》れましょう」とおやつの準備を始め、ハルは「美織様、どうぞお座りくださいな」とちゃぶ台の横に座布団を敷いた。

「ありがとう」と微笑んで腰を下ろした美織に、ハルが不思議そうに問いかけた。

「お疲れですね……それとも、行った先でなにかありましたか？」

ずばり聞かれて美織は面食らったものの、素直に智里と出会ったことを話して聞かせる。

「ああ、いつかはこういう日も来ると予想はしておりましたが、智里様と会ってしまわれたのですね」

「でも、魁様とご一緒の時で逆によかったのかもしれませんよ」

心配そうに自分の前に座ったハルとアキを見つめ返しながら、美織は疑問を口にする。

「智里さんという方は、魁様とどういったご関係なのでしょうか」

あやかしたちは魁に一目置いている様子だというのに、智里は物怖じせず魁に話しかけていて、目にしたその姿が美織の脳裏に焼きついて離れないのだ。

美織の疑問を受け、ふたりは顔を見合わせた後、ハルが言い難そうに話しだす。

「智里様も鬼のあやかしでして、彼女のお父様は派閥の当主を務めていらっしゃいます。そして、幼い美織様が常世に迷い込む前まで、魁様の婚約者とされてきました」

智里も鬼のあやかしと知り、美織は妙に納得する。智里から感じた近寄りがたいほどの気高さは、魁の纏う雰囲気と近いものがあったからだ。

(当主を務めるような魁様だから、かつて婚約者がいたとしてもなにもおかしくないけど……なんだか切ない)

自分にそうしてくれているように、彼が智里に優しく笑いかける様子を想像すると胸が苦しくなり、そんなのは嫌だという気持ちにもなっていく。

複雑な面持ちとなった美織に、ハルとアキは余計なことを言ってしまったと揃って焦り顔となる。

「魁様が嫌がったため、それ以降、婚約者という扱いはされておりませんが……それでも、智里様は魁様の妻となるのは自分だという考えは変わらなかったようで、魁様が美織様を常世に連れて戻ってくるまで、この屋敷にも我が物顔で出入りしておりました」

「鬼のあやかしは霊力が高く優秀な方が多いですからね。それゆえ、私どもを見下すような態度を取る方も多く、智里様も例外ではありませんでした。私どものことを気遣ってくれる魁様は特別なのです」

「……そうだったのですね。教えてくれてありがとうございます」

智里が今も魁の花嫁になるのを望んでいるのは、彼女の自分に対する冷たい眼差しと態度からしっかり伝わっていて、美織の心が重苦しくなる。

今も繰り返し思い出してしまうのは、気安く魁の腕に己の腕を絡めた智里の姿だ。

そして同時に心の中でもやもやとした感情が膨らんでいくのを感じ、美織は自分の胸に手を当てた。

心の中にあるのは、自分よりも智里の方が魁と釣り合っているのではという劣等感と、彼に触れたことへの苛立ちや嫉妬、そして彼を渡したくないという独占欲。

(居場所を与えてもらっただけで十分だと思っていたはずなのに、魁様の優しさに甘えるうちに、私、いつの間にか欲張りになってる)

胸の奥で智里への嫉妬が渦巻く一方で、確かに甘く疼《うず》く思いもあった。

魁の隣にいたい。彼の隣にいるのは自分でありたい。魁が愛おしい。

はっきりと気付いた魁への想いに美織は戸惑いながらも、初めての感情を受け止めるように口元に微笑を浮かべた。

五幕、焦りと希望

智里という存在に刺激され、美織が魁への恋心をうっすらと自覚してから一ヶ月が経った。

「魁様、八雲様、行ってらっしゃいませ」

朝方、小脇に刀を携えて詰所に向かう魁を見送るべく玄関先までついてきた美織は、丁寧に頭を下げた。

「行ってくる」

魁は美織と向き合って優しい声で告げた後、そっと手を伸ばして美織の頭を撫でた。身を翻し、颯爽《さっそう》とした足取りで屋敷を出ていく後ろ姿をいつまでも見つめながら、美織は彼が触れた自分の頭に触れる。

鼓動が速まる一方で、心の中にはじわりと幸福感が広がり、自然と口元に笑みが浮かんでくる。

幸せに満ち溢れた顔をしていた美織だったが、急に眉を寄せて、少しだけ背中を丸めながら自分の腹部に手を当てる。

体の中で熱が渦を巻いたかと思えば、次の瞬間、冷気が蠢《うごめ》き息も止まる。

あやかしの子どもを身籠っている最中はよくあることらしいが、妊婦が感じる痛みは赤子の霊力に比例すると言われている。

焼けつく痛みと身を切られるような冷たさに交互に襲われ、目眩と吐き気がこらえきれなくなり、その場に膝をついた。

　廊下の奥で「美織様！」とハルとアキの声が重なって響く。自分のもとへ駆け寄ってくる足音も耳にするが、美織は口を両手で押さえた状態で荒い呼吸を繰り返し、顔を上げられない。

「美織様、しっかりしてください！」

「ああ、どうしましょう。部屋にお運びした方が？　それとも主治医を呼びに行った方が？」

　こんな時に限って誰の姿も見当たらないことにハルが泣きそうになり、アキがオロオロしながらも「私たちでお部屋までお運びするのよ！」と声をあげた時、ようやく美織が顔を上げる。

「ふたりともありがとう。もう大丈夫みたい」

　大きく息を吐き出してから、美織はふたりへと弱々しく笑いかけた。

　この苦しみには波があり、山を越えれば一気に引いていくのだが、毎回、それから数時間は目眩と気だるさがしっかり残る形となる。

　みんなに迷惑をかける前に、早々と部屋に戻っておくべきだろうと考え、美織は「部屋で休みますね」とハルとアキに告げる。

　ふたりは立ち上がろうとする美織を素早く支えて、共に部屋へと歩き出した。

ゆっくりとした足取りで部屋に戻ったところで、ハルは美織が横になれるように手早く布団を敷く。

「ありがとう」と感謝の言葉を口にしつつ、美織が布団に腰を下ろしたところで、室内に九尾の狐が入ってきた。

九尾の狐は澄まし顔のまま美織に近づいてきて、よい寝床を見つけたとばかりに布団の上で体を丸めてくつろぎだす。

「今日は魁様と一緒ではないのですね」

可愛らしい姿に美織は思わず笑みを浮かべて、九尾の狐にぽつりと問いかける。

すると、アキが苦笑いしながら代わりに答えた。

「狛犬たちはどこに行くにも喜んで魁様についていきますが、この子は必要であればついていくといった感じで、最近は庭でのんびりしていることの方が多いのですよ」

「長い間、現世にいましたし、魁様も当分はそれでよしとするようです」

実際、自力で逃げ出すことも可能だったはずなのに、長い間、九尾の狐は天川家の人間に利用されながら鬼灯の宝玉にとどまっていたのだ。そして現世での最後の三ヶ月は、尚人たちからずっと逃げ回っていて、気の抜けない日々だったのだから、しばらく自由気ままに遊んでいたってばちは当たらないだろう。

美織は労わるように九尾の狐を撫でていたが、微かな目眩に襲われたことで身を横たえた。

布団の中に大人しくおさまった美織を確認してから、ハルとアキは「すぐ戻りますね」とひと言残し、女中の仕事をすべく部屋を出ていった。

「魁様の領地はとても広いのでしょう？　私もいつか、魁様にいろんな場所へ連れていってもらいたいです」

目は閉じていても、自分の声に耳だけピクピク反応させている九尾の狐に、ぽつりぽつりと話しかけているうちに、美織もだんだんと眠くなっていく。

夢と現実をさまよいながらうとうとしていた時、突然、九尾の狐が顔を上げたため、美織は寝ぼけ眼《まなこ》で「どうしましたか？」と問いかけた。

九尾の狐がすっくと立ち上がり、戸口に向かって警戒の姿勢を取った。

あまり見かけないその様子に美織の眠気も吹き飛び、戸惑いながら体を起こした。

戸は閉まっているため廊下の様子はわからないが、耳を澄ますとドタドタと慌てふためく足音に交ざって、あやかしたちが必死になにかを叫ぶ声が聞こえてくる。

いったいどうしたのだろうと疑問を抱き数秒後、知っている気配が自室に迫ってくるのを感じ取り、美織は警戒するように体を硬くする。

「お待ちください！」

戸口の向こうでハルとアキの声が響いた直後、小気味いい音を立てて戸が開いた。

そこにいたのは困り顔の女中のあやかしたちと——智里だった。

気配から彼女だろうことは予想できたのに、実際目の前に現れると心が萎縮し、美織は言葉が出てこない。

智里は戸口で足を止めたまま、美織の状態から部屋の様子まで見て、最後に美織を守るかのように布団の上から睨みをきかせてくる九尾の狐に目を留める。

苛立ちのため息をひとつついてから、智里は美織の部屋へと足を踏み入れる。

同時に、ハルとアキも入ってきて智里の前に素早く回り込むと、その場で彼女に向かって深くひれ伏す。

「智里様、先ほどから繰り返し申しておりますが、美織様は体調が芳しくありません。今日のところはどうかお帰りください」

ハルとアキの声は震えている。魁の霊力をお腹に宿している美織よりも、力の弱いただのあやかしであるふたりの方が、智里に対して抱く恐れはより強いものだろう。

しかし、顔を上げたハルとアキの面持ちは凛々《りり》しく、美織を守る役目が自分たちの誇りだという気持ちがしっかりと表れていた。

「体調が悪いなど、私と顔を合わせたくないゆえの戯言《ざれごと》かと思っていたけど、本当みたいね。でも、起きてはいるのだし、話くらいできるでしょ？」

智里は徐々に苛立った声となり、鋭い眼差しにも殺気を滲ませ始める。

すると、ハルとアキはもちろんのこと、戸口で成り行きを見守っていた女中たちも顔を青くする。

さっきまで聞こえていたのは、懸命に智里を止めようとする女中たちの声だったと美織は理解する。

正直、気だるさは引いてなく、彼女と話すことも気乗りしないが、日頃世話になっている女中たちに負担をかけたくないと美織は口を開いた。

「……ええ、構いません。私になにか御用ですか？」

緊張に満ちた声で告げると、智里は女中たちを煩わしげに見回した。

「あなたたち下がってくれる？　私はこの子とふたりで話がしたいの」

「そっ、それはちょっと」

ハルとアキが揃って異議を唱えようとするが、即座に智里の鋭い眼光に捉えられ、言葉を呑み込むことを余儀なくされる。

「大丈夫です。みなさん下がってください」

美織がみなに呼びかけると、ふたりから心配そうな顔を向けられる。

安心してもらいたくて微笑みで返すと、ハルとアキは苦しそうな顔で「わかりました」と呟き、静かに立ち上がって歩き出す。

智里は九尾の狐のこともじろりと見て、部屋の外へ出るように顎を差し向けて要求する。

九尾の狐はお前の指示に従う義理はないとばかりにそっぽを向くが、「外で待っていてちょうだい」と美織に撫でられてしまい、不満そうに布団の上を離れた。

ふたりきりになるとすぐに智里は戸をきっちり閉めて、鏡台に向かってまっすぐ進む。

「……あのっ、なにを」

智里が断りなく引き出しを開け始めたことに美織は大きく戸惑い、非難めいた声をあげるが、彼女はまったく気にする様子はない。

ひと通り見終えたところで、また苛立ったため息をつき、智里はぐるりと部屋を見回す。そして、棚に目を留めると同時に、そちらへと歩き始めた。

棚には鬼灯の簪を保管している小皿と、魁が先日美織に贈ってくれた簪が入った箱を並べて置いてある。

智里の目的に勘付いた美織は布団から立ち上がる。

急いで棚へ向かうが、智里の方が一足早くたどり着いてしまい、予想通りに彼女は簪の入った箱を手に取った。

「触らないでください！」

強い思いと共に美織はそう注意して簪の箱を奪い返そうとするも、智里に軽く手で押し返され、なかなか叶わない。

歯痒さを募らせる美織の目の前で、智里は箱の蓋を開け、無表情で簪を見つめていたが、しばらくすると顔を歪めながら蓋を閉め、箱をもとの場所に戻した。

「あの町、私は好きでよく行くの。だから、魁様が簪屋に何度か訪れているのも聞いていたわ。簪屋の店主に、魁様がどんな簪を注文したのか見せてもらおうとしたけれど、どうしても見せてくれなかった……それは私ではなく、あなたへの贈り物だったからね」

智里がぽつりぽつりと話しだし、美織は黙ってそれに耳を傾けていたが、悔しげな眼差しを突きつけられて反射的に体を強張らせる。

「男の鬼のあやかしは、結婚を望む相手に簪を贈るならわしがあるの。魁様が簪を贈る相手は私だってずっと信じてきたのに、まさか人間の、それもこんな貧相な小娘に、花嫁の座を奪われるなんて不愉快でたまらないわ」

声を荒らげたせいで乱れた呼吸を少しばかり整えてから、智里は黙ってしまった美織へと責めるように問いかける。

「本来なら魁様の花嫁は私がなるはずだったと、聞いているでしょ？」

美織がぎこちなく頷き返すと、智里は自嘲《じちょう》気味に笑い、声を大にして続ける。

「わかっているわよ。魁様が最も欲しているのは、霊力の相性がよく、自分の霊力を色濃く引き継ぐ赤子を産み落とせる人間の娘だと。魁様は条件に見合う娘を見つけてしまったのだから諦めなさいと、両親に散々言われたもの！」

その時の光景が脳裏に蘇ってきたのか、智里は両手で頭を抱える。時折髪を掻き乱しながら、自分の中で積もりに積もったどす黒い感情を絞り出すように言い放つ。

「これほどの屈辱と絶望感と怒りに襲われたのは、初めてだったわ。……でもようやく、実際その娘を目の前にしたら、受け止められるかもしれないと考えるようになっていたのに」

そこで智里は顔を上げ、蔑むような目で美織を見た。瑠花を思い起こさせるその眼差しに、美織は背筋を震わせた。

「無理よ、納得いかない。どうしても私はあなたを認められないわ。あなたと魁様との霊力の相性の方が、私と彼とよりほんの少し勝っているだけで、他に優れているところなんてない。女としても、持っている霊力も私の方が上よ！」

ずっと瑠花の怒りに対してそうしてきたように、美織は無意識に「ごめんなさい」と言いかけたが、ここで謝ってすべてを認めてはいけない気持ちになり思いとどまる。

その様子が、反論はあるが止めたように智里の目には映り、苛立ちを加速させる。

「魁様の花嫁……いえ、そんな単純な話じゃない。魁様はこの先、あやかしたちの派閥の頂点に立つお方なのよ。その妻が、はっきりと意見も言えないあなたに務まると思っているの？」

智里の言葉が美織の胸に突き刺さる。想像していた以上に、魁と釣り合いが取れていない自分が情けなくなり、目に涙も滲みだす。

「たとえ体はあやかしになれたとしても、人間は人間。朱蛇様はうまく丸め込めたみたいだけれど、他の派閥の長たちには認めてもらえないでしょうね。妻に相応しいのは、鬼のあやかしである私の方だわ」

そこで智里は美織がさっきまで横になっていただろう布団へと視線を向ける。

「そもそもあなた、そんなに貧弱な体で、自分の役目を果たせるの？　体が変化している様子はまだないけれど、体と霊力の変化についていけないまま、中途半端な醜いあやかしとして生まれ変わるのも時間の問題でしょうね」

智里の言うように、今のところ美織の体に変化はない。しかし、「中途半端な醜いあやかし」というひと言で、朱果の林で会った守り女の姿が脳裏をよぎり、美織の中で悔しさが生まれる。

再びなにか言いたげに自分をじっと見つめてきた美織を、智里は鼻で笑い飛ばした。

「魁様の子どもをちゃんと宿せたのは褒めてあげる。けれど、赤子の霊力はそれほどでもなさそうだし、なんなら私の方がより優れた赤子を産める自信があるわ。産んだ後だって、魁様の後継者としてしっかり育てていけるし、鬼の尊厳も教えられる。あなたより立派にやってみせるわ」

美織は無意識に自分のお腹に手を当てた。

五ヶ月を迎えた頃に主治医から、赤子の霊力があまり高まっていないと言われている。それ以降の往診で特になにも言われていないのは、霊力に変化が見られないためか、はたまた美織に知らされていないだけで弱くなっている可能性だってある。

想像すると一気に怖くなり、美織は顔を青くして狼狽えだす。

「霊力の高い赤子を産めないなら、もうあなたが魁様のそばにいる理由はない。魁様にとっても不要な存在よね」

顔を強張らせて美織が「不要……」と繰り返したことで、智里は微かに笑みを浮かべ、とどめを刺すように強く言い放つ。

「出産を終えたら、あなたはこの屋敷を出なさい。私が魁様の妻となり、本来の正しい形に戻すわ。大丈夫、魁様の子には変わりないから、生まれた子は私が大切に育てます。あなたは……朱蛇様の元妻のように、常世のどこかでひっそり生きていけばいい」

美織は心に衝撃を受けたように動きを止めるが、唇を軽く噛んで首を横に振った。

「それだけは嫌です。私は、魁様のもとを離れたくありません。この子とも離れたくない。ずっといつまでも、ふたりと共に生きていきたいのです」

美織が自分に向ける力強い眼差しに、智里は不意打ちを食らった気分となり、ほんの一瞬、言葉を見失う。

しかし、それがかえって智里の神経を逆撫でし、怒りの形相へと変化させる。

「勘違いしないで！　誰よりも強い子を産み落とせるから、魁様はあなたを必要とし、優しくしているだけよ。それが叶わないのなら、あなたを自分の手元に置いておくはずがない。もちろん、魁様はあなたに恋愛感情なんて持っていない。自惚れないことね！」

鋭く突きつけられた言葉に心が負けないように、美織が歯を食いしばってじっと智里を見つめ返していると、戸がガタガタと小さく揺れた。

「九尾の狐ね。魁様の高貴な霊力を少しばかり分けてもらったからって、いい気になって」

智里の言葉を聞いて、美織が何気なく戸へと目を向けると、いつもと感じが違うことに気が付いた。

戸を覆うように薄い霊力の壁があるのが見えたその次の瞬間、霊力の壁が砕け散るように消え去り、勢いよく扉が開かれた。

「美織様！」

ハルとアキと九尾の狐が一気に室内に雪崩《なだれ》込むと、揃って守るように美織に寄り添う。

その様子に智里は興醒《きょうざ》めの顔をし、もう用は済んだとばかりに部屋を出ていこうとする。

「無事に生まれるのを楽しみにしているわ」

最後に智里は振り返ると、美織へにこりと微笑みかけた。

それに美織はなにも答えられず、彼女の姿が視界から消えた後も、しばらく呆然とその場に立ち尽くしていた。

自室の円形の窓から、強い日差しが照りつける庭をぼんやり見つめていると、室内に入ってきたハルから声がかけられる。

「美織様、庭でお花を摘んできました。飾りますね」

ハルが両手で持っている花瓶には、大きく丸みを帯び、複数の花びらを持つ赤と黄色の花がある。

ハルの気遣いににこりと微笑んで「いつもありがとう」と声をかけると、ハルは照れ顔で「花があると気分もよくなりますからね」と言葉を返す。

そして弾むような足取りでいつも花を飾っている棚へと向かっていき、「まあ」と驚いて足を止める。

そこにはすでに三つほど花瓶が並んでいた。そのうちひとつは数日前にハルが用意したもので、他のふたつは見覚えのないものだった。

「……美織様、これは？」

「それも、さっき持ってきてくださったものです」

ハルが来る前に、それぞれ違う女中が庭で摘んできたと花を持ってきてくれたのだ。

「ここには私に気を使ってくださる方ばかりで、みなさん、本当に優しいです」

智里が帰った後に聞いたのだが、これまで彼女は何度も「魁様の花嫁とやらに会いたい」と屋敷に訪ねてきていたようだった。

魁がいる時は「お前に会わせる必要はない」とこともなげに追い払い、魁がいなくても「どなたも魁様の許可なく屋敷にあげることはできません」と女中たちが毅然《きぜん》と対応していたのだが、今日だけは強引に押し入ってきたらしい。

ふたりきりで話をしたいという要求を仕方なく受け入れはしたが、不穏な空気を感じたらすぐさま部屋に突入するつもりでいたという。しかし智里の方が上手《うわて》で、みなが部屋を出てすぐに、戸口に霊力を張り巡らせて開けられないようにしてしまったのだ。

耳を澄ませても、声や物音が聞こえてこないため室内の様子がまったくわからない。

美織のことが心配でたまらなくなった女中たちは、なんとか打ち破れないかとみなで力を合わせて奮闘したが、鬼の霊力には敵わなかった。そこで、魁の霊力を授かっている九尾の狐の力を借り、扉を開けて突入したのだった。

智里はにこやかな顔で帰っていったが、美織の青白く強張った表情を見れば、室内で楽しい会話がなされていたとは到底思えない。女中たちはもっと体を張って智里を止めるべきだったと猛省し、少しでも気持ちが晴れればと花だけでなくお菓子や朱果の実などをそれぞれに持ち寄って、美織のもとを訪ねたのだ。

ハルは花瓶を少しずつずらしてから、自分の持ってきた花瓶を横に並べ置いた。そして、困ったような顔で美織を振り返った後、しずしずと歩み寄っていく。

「美織様、いったい智里様になにを言われたのですか？　思い出したくないかもしれませんが、言葉にすることで気持ちが軽くなることもありますし、私に美織様の心の痛みを分けてください」

ハルは美織の右手を両手でそっと包み込み、心配そうに美織を見つめた。

彼女の手の温かさに美織はホッとするのを感じながら、彼女の心遣いに目に涙が浮かぶ。

「ありがとう、ハル。……智里さんは、魁様のことが本当に好きみたい。これまでずっと魁様の相手は自分だと思って生きてきたのに、こんな私のような者が突然現れて居場所を奪っていったのだから、怒るのも当然だと思うわ」

出産後は赤子を置いて出ていけと言われたことも美織の頭に浮かんだが、そこまで打ち明けるのは気が引けて、美織は口を噤む。

「智里様が魁様をお好きなのは私どももよくわかっております。けれど、魁様にとって愛おしい相手は美織様ただひとりです。鬼のあやかしは、自分は誰よりも優れた存在だという自負がある方が多く、傲慢なところがございますからね」

最後の方は小声になりながら考えを述べ、そこから「その点、魁様は……」と誇らしげに主をベタ褒めし始めた。

傍らでそれを聞いていた美織の心の中で、ハルの「魁様にとって愛おしい相手は美織様ただひとりです」という言葉と、智里の「魁様はあなたに恋愛感情なんて持っていない」という忠告の言葉がせめぎ合う。

（優れた魁様と地味な私では、やっぱり釣り合ってない。このまま赤子の霊力が高まらないまま出産を迎えたとして、その後も彼は今と同じように優しく笑いかけてくれるだろうか）

そこまで考えて、美織は自嘲気味に笑みを浮かべる。

（そんな望み、身勝手すぎるわよね）

魁に冷たい態度をとられるようになっても、役に立てなかった自分が悪いのだから自業自得である。問題は、なんの罪もない我が子も同様の扱いを受けてしまう可能性があるということだ。

後々、智里が魁の妻となり、霊力の高い子どもが生まれたとしたら、魁はそちらを可愛く思い大切にすることだろう。そうなれば、我が子も周りから役立たずと言われてしまうかもしれない。

伯父家族のもとで過ごしたつらい日々が美織の頭の中で蘇り、恐怖で震えが走る。

かつての自分が耐えてきた苦しさも、魁の子どもなのに優秀でないことの負い目も、我が子に背負わせたくない。

美織がやらねばならないのはひとつ。魁の霊力を強く引き継ぐ赤子を産むことだ。

越えなくてはいけない壁の大きさに慄き、不安と焦りに囚われていく。

「美織様、大丈夫ですか？」

ハルに手を軽く握りしめられ、美織はハッと顔を上げて、ぎこちない笑みを浮かべる。

「ぼうっとしてごめんなさい。やっぱり少し疲れてしまったみたい」

「そうでしょうとも。布団を整え直しますので、どうぞ横になってくださいな。みんなが持ってきたお菓子もありますし、温かな飲み物を用意しますね」

掴んでいた手を離した後、ハルは宣言通り、美織の寝床を直し始める。

手際よく終えてから「すぐ戻りますね」とひと言残して、ハルは美織の部屋を出ていった。

気だるさは強いが、これまで同様寝ているだけでは赤子の霊力は高まらないと考えてしまえば、横になろうという気持ちになれず、窓際から棚へと移動した。

簪の箱を手に取り、そっと蓋を開けると、魁からもらった簪がきらりと光を反射する。

目の前の壁を乗り越えて、この簪に相応しい女性になりたい。そのために心も体も、もっと強くなりたいと心の底から望んだ時、円窓から風が吹き込み、美織の髪を揺らした。

風が運んできた花の香りに誘われるように脳裏に浮かんだ場所に、美織は希望の光が見えた気がしてわずかに目を見開く。

思い出したのは、庭の奥にある御霊の洞穴だった。

（あの場所で霊力を上げたら、我が子の霊力も高められる。そうすれば、幸せな未来を手繰り寄せることができるかもしれない）

魁には近づくなと言われたが、今すぐ行かないといけないような思いに囚われ、美織は決意を固め、棚に簪の箱を戻した。

「気晴らしに庭を散歩してきます」と部屋に書き置きを残して庭へと出ると、緊張の面持ちで御霊の洞穴へ向かう。

花がたくさん咲いている場所から横道へ逸れようとした瞬間、体の中で霊力が暴れだし、美織は苦痛に顔を歪めて動きを止める。

どこかで行き倒れになったらみんなに余計な迷惑をかけてしまうかもと気持ちが折れかけたが、すぐにここで諦めたらなにも変わらないと思い直す。

額に冷や汗を滲ませながら歯を食いしばり、美織は重い足を必死に動かした。

荒い呼吸を繰り返しながら、ようやく御霊の洞穴にたどり着く。

恐る恐る入り口手前まで近づいて耳を澄ましたが、前回のように瑠花の声は聞こえてこなく、大きく安堵の息をついた。

入り口の奥は暗く、洞穴の中はどうなっているのかここからではわからない。

不安はあるが、ここまで来てしまった以上、引き返す気はない。

美織が入り口の奥をじっと見つめて力強く一歩を踏み出したその瞬間、周囲が陰り始めた。

美織を取り残すように日が沈んでしまったのかと錯覚するほど、辺りが一気に薄暗くなったことで急に心細くなる。

空気も重く澱んでいるように感じられ狼狽えていると、洞穴の奥から風が吹いてきて、美織はぎくりとし表情を強張らせた。

風に交じって誰かの苦痛に悶《もだ》えるような声や、恐怖に引きつった叫びなども聞こえたからだ。

ゆっくりと視線を御霊の洞穴へと戻した瞬間、美織は背筋を震わせて、ここに入ってはいけないと本能的に感じ取る。

入り口の奥の暗がりの中でなにかが蠢くような影が見え、その影はだんだんと美織に迫ってくる。

中に入ることだけを考えてここまでやってきたというのに、今、心の中は恐怖でいっぱいだ。

(影に捕まる前に、ここを離れた方がいい)

一瞬で表情を変えた御霊の洞穴に恐れ慄きながら、美織がゆっくり後退りすると、暗がりの中から目にも留まらぬ速さで影が伸びてくる。

そのまま影は美織の右腕にまとわりつき、美織は思わず悲鳴をあげる。

振り払っても影は腕から離れず、それどころかまとわりつく影が色濃くなっていき、まるで大きな手で掴まれているような錯覚に陥る。

(嫌……気持ち悪い……離して)

それだけでなく、影が美織を洞穴の中へ引きずり込もうとし始め、このままでは蠢く影に呑み込まれてしまうと美織は必死に抗う。

（……なんとか逃げなくちゃ）

しかし、左腕にもまとわりつかれ動きを封じられた美織は、ずるずると洞穴へ引っ張られていく。

新たに影がいくつか伸びてきて、そのひとつが美織の首に巻きついた。

苦しさから涙で滲んだ視界で、暗がりの中にぼんやりと佇《たたず》むような人影を捉える。

それが瑠花の姿に見えてしまえば、一気に恐れが膨らむ。

（瑠花だけには、捕まりたくない……捕まるわけにはいかない！）

美織が力を振り絞って自分の両腕を掴む影を振り払うと、瑠花に見えていた影が智里の姿に変化した。

そこからゆらりと伸びた手がお腹に向かってきたことに気付くと、それが自分から赤子を奪い取ろうとしているかのように思え、美織の頭にカッと血がのぼる。

「私に触らないで！」

強く言い放った瞬間、美織の体が熱くなり、向かってきていた影を大きく弾いた。

（絶対にこの子は渡さない）

どくどくと速まる鼓動を感じながら、美織は瑠花にも智里にも見える影を鋭く見据えた。

（ここで負けたくない）

瑠花に対してはもちろんのこと、誰かに対してそんな感情を抱いたのは初めてだった。

その時、熱くなった美織に呼応するように、再び胎児の不安定な霊力が暴走し始めた。

先ほどよりも強い苦痛に耐えきれず、その場に崩れ落ちる。

気力を失った美織は、影により少しずつ洞穴の中へ引きずり込まれていく。

体の中を駆け巡る痛みだけでなく、影に首を締め上げられ、意識も朦朧とし始める。

「……魁様」

このまますべてが終わってしまう気がして、美織は無意識に彼の名を呟く。

助けを求めたというよりは、最後にもう一度だけ、その優雅で美しい姿を思い浮かべたかったのだ。

「美織！」

遠くで魁が美織を呼ぶ声が聞こえた。

たとえ幻聴でも幸せな気持ちとなり、美織の口元に笑みが浮かぶ。

そのまま意識を手放しそうになった時、風を強く感じると共に、首を締めつけていた力がなくなり、息苦しさが消え失せた。

両腕を掴んでいた影も鋭利な刃物で切り裂かれたかのように断裂され、美織の腕にまだまとわりついている部分は、突然現れた鬼火によって燃え上がり消滅する。

そして美織は力強く温かな手に引き寄せられ、逞《たくま》しい胸元でしっかりと抱きとめられた。

「大丈夫か？」

再び、しかしさっきよりもはっきりと耳にした声に、美織は信じられない思いで視線を上らせ、愛おしい彼を目の前に見つける。

あまり表情に変化を見せない魁が、焦りと不安で苦しそうな顔をしていて、美織は自分のせいだと申し訳なさでいっぱいになる。

「……迷惑かけてばかりで、ごめんなさい……私」

美織の体が微かに震えていることに気付いた魁が、言葉を遮るようにきつく抱きしめた。

「女中たちと九尾の狐から、今日の報告をすでに受けている。不安にも、悔しく苦しい気持ちにもさせてしまった。すまない」

すべて自分の不甲斐なさが招いた結果なのだから、魁が謝る必要はない。

そう思い、大きく首を振って否定した後、美織の目から涙が溢れ出す。

泣き顔など見せてはいけないと、美織は魁の胸元で顔を隠し、静かに涙をこぼしたのだった。

屋敷に戻ってから翌朝まで、美織はこんこんと眠り続け、目覚めた後も気だるい状態は続いた。

自室まで運んでもらった朝食の手が進まないでいると、お膳を持った魁がやってきて、「共に食べよう」と、美織のそばに腰を下ろす。

やはりすべては食べきれなかったが、美織は穏やかな気持ちで食事を終える。

そのまま魁は、八雲に運ばせた書物をのんびりと読み始めた。

一方で、女中たちや九尾の狐、狛犬たちなど、入れ替わり立ち替わり部屋に来ては、お喋りをしたり、昼寝をし始めたりして、いつもより賑やかな時間が過ぎていく。

そうしているうちに、みなが自分を気にかけ、ひとりにしないようにしているのだと美織は気付き、申し訳なさとありがたさで胸がいっぱいになった。

どうしようもないくらいの気だるさに襲われた美織は、布団に体を横たえる。

書物と向き合う魁をぼんやり眺めていると、彼から往診の要求を受けた主治医が慌てた様子でやってきた。

「失礼いたします……あらあら。いつもより顔色が悪いですね。体調が優れないのに無理に霊力をお使いになりましたか？」

目が合った途端、ずばり言い当ててきた主治医に、美織は体を起こしながら小声で

「多少」と答えた。

主治医は美織の傍らで膝をつき、美織の手を取って脈を診た後、いつもそうするように腹部に手をかざして、赤子の様子を探る。

「顔色を見て不安になりましたが、お子様は安定しています。大丈夫です」

ホッとした様子での主治医の報告に、魁と美織も小さく息をついた。

しかし、美織はすぐに表情を引き締めて、真剣な眼差しで主治医を見つめる。

「安定はしていても、霊力は高まっていないのですよね」

「……ええ。その通りです。もしかして、それが昨日美織様が御霊の洞穴へ行った理由でございますか？」

主治医は美織の傍らにいる魁の様子をうかがいながら、やや確信めいた声で問いかけた。美織も少しばかり動きを止めてから、正直に「はい」と頷く。

「一般のあやかしたちだって、少しでも霊力の高い状態で出産しようとあれこれするというのに、魁様の子どもを宿している美織様なら余計に、藁《わら》にもすがるような気持ちで行動を起こしてしまってもおかしくない。前回の私の発言が迂闊でした。申し訳ございません」

必死に首を振って否定する美織へと、主治医は懺悔の言葉を口にした後、意を決して告げる。

「御霊の洞穴のように、強大な力を誇ったあやかしが祀られ、霊力を高められる場所は数多くありますが、出産を迎えるにあたり、そこを利用して霊力を高めようとするのは鬼などの、あやかしの上位にいるほんのひと握りだけです」

智里なら御霊の洞穴を難なく利用するのだろうと考え、少しばかり表情を曇らせた美織を、魁は物言いたげな顔でじっと見つめる。

「では、それ以外のあやかしの妊婦たちはどうするかというと、朱果の実を食すことが多いです。朱果の実には、霊力をわずかに高めたり、安定させたりする作用があり、結果、出産が楽にもなるためです」

女中たちが何度か朱果の実を持ってきてくれていたのを思い出して、美織は感謝の気持ちを覚えつつ、主治医の話に心なしか前のめりになる。

「それだけでなく、直接、朱果の林を訪れる妊婦も多いです。なぜなら、〝朱果の至宝〟と呼ばれる特別な果実を見つけて食べると、霊力の高い赤子を産むことができると言われているから」

「……そ、そんなものが、本当にあるのですか？」

「ええ。ございます。ですが、朱果の至宝を見つけられる者は滅多に現れない。私が知っているのも、沙月様ただひとり」

夢のような果実を、同じく元人間だった魁の母親が実際に手にしたと聞き、美織は興奮を覚えた。

事実かどうかの確認の眼差しを美織に向けられ、魁は「そうらしいな」と主治医の言葉を認めて頷き返す。

「今でもはっきり覚えております。沙月様は美織様のように丈夫な方ではございませんでしたが、朱果の至宝を食べた後、母体の調子も霊力も申し分ない状態となり驚きました。その時点で、お腹にいた魁様の霊力も十分高いものとなっていたのですが、沙月様の希望により御霊の洞穴にもお入りになられました」

かつて魁の母親が歩いた道をたどれば、目の前の壁を乗り越えられるかもしれないと、美織は希望に胸を震わせる。

そこで以前、朱果の林の守り女に、「今後その特別な朱果の実を必要とする時が来るかもしれない」と言われたのを思い出す。こうなることを予測しての言葉だったのかもと思えば、進むべき道が一気に見えてくる。

「朱果の林に行きたいです」

はっきりと響いた美織の主張に、魁が慌てて口を挟む。

「待ってくれ。朱果の至宝は、妊婦自身にしか見つけられない上に、ひとりきりで林に入る必要があるとも言われている。あの場所で美織をひとりにするのは嫌だ」

「でも私は……自分の役目を果たすためにも、今できることをやっておきたいのです。

私自身とこの子の未来のために、霊力を高めたい。私はこの先、あなたのそばで胸を張って生きていきたいから」

「役目」という言葉に引っかかりを覚えたのか、魁はほんの一瞬眉間に皺を寄せた。しかし、切に訴えかけてくる美織の様子に胸を痛めたように苦しげな顔をし、折れるように小さく息をついた。

「わかった。美織のしたいようにしていい。けれど、危ないと思った時は、無理矢理でも連れて帰る。お前がいてくれればそれでいいんだ。わかっていてくれ。そこは譲らない」

美織は魁をまっすぐ見つめ返したまま、「ありがとうございます」と力強く言葉を返し、決意と共に頭を下げた。

六幕、祝福の道

できるだけ早く朱果の林へ向かいたがる美織に、「美織の体調の回復が見込めるならば」と魁も頷いて、その翌日、朝早くから美織は魁と共に屋敷を出て、朱果の林へと向かった。

前回と同様に前もって来訪が伝えられていたため、到着早々、朱果の守り女が「お待ちしておりました」と頭を下げてふたりを出迎える。

そして顔を上げると同時に、美織に対してわずかに目を瞠った後、穏やかに微笑んだ。

前回来た時と違って、美織も魁と同じように苦もなく水面を歩きながら数寄屋《すきや》へと向かう。

その最中、先頭を進む守り女がぽつりぽつりと話しだした。

「美織様は朱果の至宝を得るために、きっとまたここに来るだろうと思っていました。不安でしょうが、きっと大丈夫です。ほんの一瞬、美織様に重なって沙月様が見えましたから。きっと力を貸してくださることでしょう」

守り女の言葉に、美織は唖然として思わず魁と顔を見合わせる。

魁は不思議そうにしているが、美織は戸惑いながら帯からなにかを引き出した。

「もしかして、持ってきてしまったからでしょうか」

美織の手のひらの上にあるのは、壊れてしまったあの鬼灯の簪だった。それを見た魁は驚きの顔となる。

「持ってきたのか」

「はい。魁様のお母様にあやかれたらと思いまして」

「そうか。……どこかにいるなら、美織に力を貸してやってくれ、母さん」

魁は遠くを見つめながらぽつりと話しかけ、そして美織に優しく微笑みかけた。

そうこうしているうちに数寄屋に到着すると、中から女中が三人ほど出てきて、魁と美織にお辞儀する。

美織はつられて頭を下げ返すが、魁は女中たちではなく、数寄屋の入り口を鋭く見据えた。

「先客がいるようだな」

魁の煩わしげな呟き声に反応するように、こぢんまりとした建物の中から笑い声が響き、朱蛇が姿を現す。

「すぐに気付くだろうとは思っていたが、そんなに嫌そうな顔をするでない。しばらく時間がかかるだろうから、その間の話し相手になってやろうかと思ってわざわざ来てやったんだ」

「頼んでいないし、その様子だと相手をしてやるのはむしろ俺の方では？」

明らかに酒が入っている様子の朱蛇と、うんざり顔の魁のやり取りを聞いて、守り女はわずかに笑みを浮かべてから、魁へと体を向けた。

「申し訳ございませんが、魁様はこちらでお待ちくださいませ。美織様はもう少し先まで進みますよ。よろしいですね」

守り女の視線が魁から自分に向いたことに気付いて、美織はすぐさま「はい」と返事をする。

再び進み出した守り女に美織も続こうとすると、魁に素早く手を掴まれ、引き止められた。

「悪いが、美織の霊力に大きな乱れを感じたら、すぐに俺もそちらへ向かわせてもらう」

本来なら「見つけて帰ってくるまで、ここで待っていてください」と言うべきなのかもしれないが、美織は過保護にも聞こえる魁の言葉が嬉しくて、つい笑みをこぼす。

「その時はお願いします……でもできるだけ、魁様に心配かけたくないので、そうならないように精一杯頑張ります」

笑顔に引き寄せられるように、魁は美織を抱き寄せ、額に口づける。

「無理は禁止だ。なにかあったら俺の名を呼べ。すぐに駆けつける。気を付けて」

耳元で甘く囁く魁の声に、美織は胸が温かくなるほどの幸せを味わった後、「行ってきます」と言葉を返し、心地よい魁の腕の中を離れた。

自分を待っている守り女のもとへと進み、「お願いします」と美織は声をかける。守り女は大きく頷いてから、再び先導する形で進み始めた。

遠ざかっていく美織の後ろ姿をじっと見つめる魁の横に、朱蛇が並ぶ。

「さぞかし不安だろう。でも我々は花嫁を信じて待つしかない……中で酒を飲みながらな。さ、飲むぞ」

経験者としての発言に魁はちらりと朱蛇を見たが、最後に付け加えられたひと言で盛大に嫌そうな顔をする。

「酒なら、美織が朱果の至宝を無事持ち帰った後で、いくらでも付き合ってやる。けれど今は無理だ。美織が頑張っているというのに、酒など飲んでいられるか」

朱蛇は呆気に取られたように魁を見上げた後、「そうかそうか。これは失礼した」と笑い声を響かせる。

「それにしても、ここに立っていると、昔、この林の中から幼いあの娘を抱きかかえて戻ってきた魁殿の姿を思い出すな。あの時は、歳の離れた兄妹のようにしか見えなかったが、それが今や、夫婦となろうとは」

朱蛇は感慨深げにそう呟いてから、「あ、祝言はまだだったな」と付け加えた。

魁も美織の後ろ姿に幼い彼女を重ね合わせて、口元をわずかに綻ばせた。

「弱い人間の女を嫁に迎えるなんて面倒なこと、御免だってずっと思っていたのに、美織に会った瞬間、そんな気持ちはどこかに吹き飛んでいった。小さいくせに俺をまったく怖がっていない様子も、差し出したこの手をためらいなく掴んだことも、無垢な笑顔も、全部守ってやりたいと思った」

穏やかな語り口で魁から綴《つづ》られる想いに、朱蛇は口を挟むことなく、自分にも思い当たる感情があるという風に大きく頷いた。

「それから自分の霊力と相性がよいのがわかって、庇護《ひご》欲が愛情にも変わっていった。ある意味、俺にとって美織が朱果の至宝だな。他の誰も見つけられず、触れられもしない、唯一無二の存在として俺の目だけに映り続ける」

不意に、遠くにいる美織と目が合ったような気がして、魁は笑みを深めた。

一方の美織も、同じように魁と目が合ったように感じ、小さく微笑む。

（離れていても、魁様が見守ってくれているように感じるわ）

ついさっきの朱蛇の笑い声は守り女の耳に届いていたようで、彼女がぽつりぽつりと喋りだす。

「朱蛇様が派閥外の者に対し、あのように笑っていらっしゃるのは珍しい。まあでも、前々から魁様の霊力の高さと物怖じしない性格を気に入っておられる様子でしたけれど、今は美織様も含めてさらにといったところでしょう」

「私も、ですか？」

守り女の口から自分の名前も飛び出したことで、美織は思わず口を挟む。

すると、守り女は後ろを振り返って少しばかり美織を見た後、視線を前に戻し、歩みを止めぬまま切り出した。

「照れくさいので今言わせてもらいます。美織様、ありがとうございます」

「かっ、感謝されるようなことはなにも」

「すれ違っていた気持ちが繋がって、ようやく私と朱蛇様は同じ方向を向くことができました。あなたの言葉が、存在が、私たちにきっかけを与えてくれたのです。本当にありがとうございます」

ふつりと途絶えるように守り女は動きを止めるとくるりと方向転換して、すっかり恐縮している美織と向かい合った。

「私が案内できるのはここまでです。この先はひとりで進んでください。なにか聞いておきたいことはありますか？」

先を見れば、同じような林の風景がどこまでも続いている。無事に見つけられるだろうかと不安を覚えながら、守り女の問いかけに美織は慌てて口を開く。

「今さらな質問でごめんなさい。朱果の至宝とはどういったものなのでしょう。私にしか見つけられないとは聞いていましたが、他はなにもわからなくて」

朱果の実と同じように木の上の方になっているのなら、身重の体で木登りはできない。

思いついたものは聞いておくべきだと思ったところで、守り女が申し訳なさそうにゆるりと首を横に振った。

「どのようなものかは、わかりません。私も朱果の至宝を探しましたが、見つけることができませんでしたから。魁様の母上が持って帰ってきたものは見ましたが……私にはただの朱果の実でしかありませんでした」

主治医が滅多に見つけられないと言っていたのを思い出し、美織は口を閉じた。見つけられない可能性の方が大きいのだと不安になるが、帯から鬼灯の簪を取り出して、林の先へと挑むような視線を向ける。

守り女は、そんな美織を少しばかり眩しげに見つめてから、力強く続けた。

「必要とする者が見れば、一目でわかるとされています。だから美織様にも、ちゃんとわかります。見つけられるかどうかなのです。あなたにはぜひ見つけてほしい。うまくいくと信じて祈っております。どうか諦めずに頑張ってください」

簪を持つ手にぎゅっと力を込めて、美織は嬉しさに声を震わせながら「ありがとうございます」と言葉を返す。そして、守り女に微笑みかけてから、ゆっくりと歩き出し、彼女の横を通り過ぎていった。
微かに水音を立てながら美織は林の奥へと入っていく。
木を見上げるといくつも朱果の実がなっているが、そのどれも何度も目にしている
それと同じで、特別だとは感じられない。
木の上だけでなく、茂みや岩の陰など、美織は見逃さないように慎重に進んでいく。
「どこにあるの？」
自分には見つけられないかもと気持ちが挫《くじ》けそうになるたびに、美織は魁やハルと
アキ、守り女がくれた温かい言葉を思い出しては自分を奮い立たせ、ただひたすらに
探し求めた。
朱果の林がどれほど広いのかわからないが、まだまだ先まで木立は続いている。
さすがに疲れを感じて大きく息をつき、まっすぐ先を見据えて額にうっすら滲み出
ている汗を手の甲で拭った。
（絶対に諦めない。見つけてみせる）
長期戦になる覚悟と共に足を前に踏み出した瞬間、美織は落下する感覚に襲われ、
反射的に目を瞑る。
前回、朱果の林に来た時と同じく、まるで底なし沼にはまってしまったかのように、
足から腰、腰から肩、顔と、水面下の泥へと一気に呑み込まれていった。

恐る恐る目を開けて確認すると、予想通り目に映る風景は変わらず、前に魁が言っていた〝異空間〟とやらにまた引き込まれてしまったと美織は判断する。

（こんな時にどうしよう。早く探さないといけないのに、どうやったら戻れるのかわからない）

不安な気持ちで辺りをきょろきょろ見回していると、以前と同じ既視感に再び襲われる。

（やっぱり、この場所を見たことがある気がするわ）

少し先にある岩が気になってじっと見つめていると、やがてそれが横たわっている人の形のように見え、その瞬間、美織はハッと息を呑んだ。

幼い頃、美織と両親は誰かに追われ、命からがら逃げ込んだのがこの林だった。しかし両親は追っ手に捕まり水の中に倒され、気が付けば残されたのは美織ひとりだけ。恐怖に震える美織にも鋭い刃先が振り上げられた――が、命を奪われることはなかった。美織は魁に助けられたのだ。

「常世に入り込んだ人間の子どもよ。今は思う存分泣くといい。落ち着くまで俺がそばにいてやろう」

両親の亡骸《なきがら》を前に泣きじゃくる美織は、魁に優しく抱き上げられ、彼の保護下に置かれた。

屋敷に連れてこられた後、幼い美織は体調を崩し、ハルとアキをはじめとする女中たちから手厚い看病を受けた。

少し回復すれば、やはり両親のことを思い出して涙を流す。そのたびに、ハルやアキから気遣うように声をかけられ、魁に抱っこされればやがて涙は引いていく。

あやかしたちに囲まれても特に美織は怖いと思わなかった。

それどころか、一緒に庭を散歩して蝶々《ちょうちょう》を追いかけたり、町に買い物に行って美味しい饅頭を食べたり、八雲の横笛を聴いたり、眠れない時は魁が添い寝してくれたりと、多くの優しさをもらううちに、美織は少しずつ笑顔を取り戻していった。

そして、魁に鬼灯の簪をもらったあの別れの時に繋がるのだ。

一気に多くのことを思い出し、大人になった美織もボロボロと涙をこぼし始めた。

(魁様に会いたい。私は常世でみんなと一緒に生きていきたい)

美織は魁への想いを一気に加速させ、彼の屋敷の仲間のひとりとして生きていきたいと改めて強く思う。

すると、ずっと握りしめていた簪が急に熱を帯び、思わず視線を手元に落とした。

失ってしまった鬼灯の宝玉と同じ橙色の美しい輝きを、ぼんやりとではあるが簪全体が纏っている。

この異空間に朱果の至宝があるのではと確信に近い思いを抱き、美織は木の上を見上げたが、朱果の実はまったく見当たらない。

美織は鬼灯の簪をしっかりと帯の中へ戻して、どこかにあるはずと希望を持って朱果の至宝を探し始めた。

先ほどとは打って変わって、朱果の実をひとつも見つけられないまま林の中を進んでいくと、不意に視界のすみで光が瞬き、同時にぴしゃりと水が跳ね上がる音が響いた。

ドキリと鼓動を高鳴らせながらそちらへ顔を向けると、水面に橙色に輝くものが浮かんでいて、美織は考えるよりも先に「見つけた」と呟いていた。

気持ちは逸《はや》るが走ることはせずに、橙色の輝きに向かってまっすぐ進んでいく。

近づけば、それが朱果の実であることが見て取れた。今まで見てきたものとは輝きがまるで違い、直感的に朱果の至宝だと悟る。「必要とする者が見れば、一目でわかる」という守り女の言葉通りだ。

しかし、朱果の至宝まであと少しというところで、それは水の中へと沈み、姿を消してしまう。

美織は動きを止め、しばし呆然としていると、再び後ろからぴしゃりと水音が聞こえてきた。

すぐさま振り返ると、少し先の水面に朱果の至宝が浮かんでいる。

もちろん美織も踵《きびす》を返し、そちらへと向かっていくが、たどり着く直前でそれは沈んで消え失せた。

それを何度か繰り返すこととなり、美織は徐々に遊ばれているような気持ちになっていった。

ついには朱果の至宝がひとつではなく、いくつも水面に現れ始めたため、美織は完全に足を止め、どうしたものかと考える。

こんなにたくさんあっても、どれひとつ触れることはできない。しかし、間違いなく、このどこかに掴み取れるものがあるはずだ。

美織が辺りをぐるりと見回した時、木の上に輝く実がひとつだけなっていることに気付いた。

美織はごくりと唾を飲み、そちらに向かって歩き出す。

すると、朱果の至宝がなっている木の下で水面が波紋を描き、そこからゆらりと黒い影が湧き立ち、徐々に人の形を取り始めた。

その少し手前で足を止めて思わず身構えると、瑠花が現れ、見下すようににやりと笑った。

「すべて無駄よ。だって美織は役立たずだもの」

美織がわずかに後退りすると、瑠花の隣に智里も現れ、嘲笑《あざわら》うように微笑んだ。

「魁様の妻に相応しいのはあなたではなく、この私。愛されているのも私だけ」

陰湿さが混ざった笑い顔が怖くて仕方なくなり、また少し美織が後退すると、ふたりの声が重なって響く。

「あなたは結局なにも手に入れられない。もう諦めなさい」

鋭利な言葉が突き刺さり鈍く痛んだ胸元を手で押さえて、美織はハッとする。

鬼灯の簪が入っているあたりがとても熱く、それによって、美織は見失いそうだった自分を取り戻す。

「諦められない。諦めたくないから、私はここに来たのです」

美織はふたりのその向こうにある朱果の至宝がなっている木をまっすぐに見つめて一歩前進する。

足を踏み出したことで生まれた波紋が広がり、瑠花と智里の姿が水面に映っているかのように大きく揺らぐ。

「誰かの役に立てるように、魁様の妻として相応しい存在になれるように、どんなに苦しくたって努力は惜しまない。魁様のいない人生など考えたくありません。いつまでもおそばにいたい。私は魁様を心よりお慕い申し上げております」

美織が進むたび、ふたりの姿はさらに大きく揺らいでいき、美織がふたりの間を通り過ぎると同時に飛沫《しぶき》を上げながら崩れ落ちた。しんと静まり返った中で安堵のため息を響かせてから、美織は木の下から朱果の至宝を見上げた。

消え失せる気配もなく、それどころか輝きを増したように見え、間違いないと確信する。

どうやって取ろうかと考えるよりも先に、体が無意識に動く。

朱果の至宝に向けて大きく両手を伸ばすと、それに応えるように朱果の至宝が光を瞬かせ、美織の方に向かってゆっくりと落ちてきた。

朱果の至宝をしっかりと受け止めて、手のひらに果実の重みを感じる。

ようやく美織は手に入れたことを実感し、笑みを浮かべた。

これを食べたら、自分とお腹の子の霊力は安定する。そして、今度こそ御霊の洞穴に入ることができるかもしれない。

美織は朱果の至宝の橙色の輝きが希望の光のように思え、そっと胸元で抱きしめた。

(早く、魁様にこの果実を見せたい)

そんな思いで溢れそうになりながら、ここから出る手段を探すべく、美織はきょろきょろと林を見回す。

前回は魁によってこの場所から連れ出してもらったため、自力で出る方法がわからない。

とはいえ、異空間に入る時は水の中に落ちるような感覚に襲われるため、足元に広がる水になにか手がかりがあるかもしれないと考える。

美織が朱果の至宝を大切に抱え持って、水面を見渡した時、落ち着いていた赤子の霊力が暴走し始める。

すっかり油断していた美織は突然の苦痛に耐えられず、その場に崩れ落ちるように両膝をついた。

先ほどまで水面に立てていたのに、赤子に翻弄されているためか美織自身も霊力を保てていないようで、膝下まで水の中に沈んでいく。

朱果の林に来てからずっと気を張っていたため、そこまで疲労を感じていなかったが、思い返せば随分と歩き回っている。いつも以上に無理をしていたのは間違いない。

苦痛に歪んだ顔を上げると、林の奥に光が差しているのが見えた。

あそこまで行けばここから抜け出せる、魁に会うことができるという予感に突き動かされ、美織は歯を食いしばって立ち上がる。

気力を振り絞って光に向かって歩き出すが、ひと際強い熱さに襲われ、美織の動きが止まる。

いつもよりも激しい状態に目が霞み、美織は声を震わせながら呟いた。

「……魁様……助けて」

ふらりとよろめいた体は水面に倒れ込むより先に、逞しい腕に支えられた。

「間に合った。よかった」

安堵の声が耳に届くと共に、美織の体はふわりと持ち上げられた。

顔を上げると優しい眼差しと視線が繋がる。

美織は目に涙を浮かべながら、少しばかり誇らしげに報告する。

「魁様……私、見つけられました」

しっかりと抱きかかえていた朱果の至宝をわずかに持ち上げてみせると、魁は「輝いている」と驚きで目を瞠り、讃えるように囁きかけた。

「よくやった。美織は強くなったな。誇らしい気分だ」

魁は喜びを分かち合うように、笑顔の美織と互いの額を触れ合わせて、美しい微笑みを浮かべた。

異空間から朱果の林へと戻り、数寄屋に向かっている間、腕の中で美織がすやすやと寝息を立て始めたことに魁は気づいた。

口元に笑みを浮かべると、労いと愛しさを込めて美織の額へと口づけを落とす。そして「本当に無事でよかった」とホッと息を吐いた。

数寄屋の前で魁は美織の気配をずっとたどっていたが、途中で呑み込まれるように途切れたため、居ても立ってもいられなくなって美織を追いかけたのだ。

「……しかし、こうして朱果の林の中を歩いていると、初めて会った時のことを思い出すな」

懐かしむように周囲を見回した後、魁の視線は自分の腕の中で無防備に眠っている美織に戻っていく。

あやかしでも魁の霊力の高さには恐れを抱くというのに、ましてや人間にとって自分は恐怖の対象でしかない。震え上がり逃げ惑う人間たちの中から自分と霊力の相性がよい娘を探し出すのは面倒でしかなく、気が向いたら、あやかしの嫁をもらえばよいと魁は考えていた。

しかし十年前、運命というものは本当にあるのだと実感する。

無性に朱果の実が食べたくなり林に赴いた時、現世から迷い込んだ者たちと遭遇した。

様子をうかがえば、どうやら男たちが幼い娘を連れた親子に奇襲をかけているのだとわかった。

いつもなら放っておくところだが……。

「お父さん！　お母さん！」

幼い娘の悲痛な叫び声が耳につき、足が止まった。

人間には関与しないと決めていたにもかかわらず、気が付けば魁は、その娘を仕留めようと刀を振り上げた男を霊力で弾き飛ばしていた。

男たちは魁を見て凍りついたが、その幼い娘、美織だけは違った。怯える様子など少しもなく、むしろ魁と目が合うと同時にホッとしたような表情を浮かべたのだ。

それは魁を味方だと認識したことを物語っていて、魁もその瞬間、「見つけた」と無意識に呟いていた。

すぐさま男共を蹴散らし、美織を連れてその場を離れた。

美織が体調を崩し床に伏せている間に、八雲に美織のことを調べさせ、美織の両親の亡骸を自分の仲間と繋がりのある現世の寺で手厚く埋葬させた。

美織は体調が回復すると、今度は両親を失った悲しみでしばらく涙をこぼしたが、次第に笑い顔も見せてくれるようになった。

手を差し出せば、美織は無垢な笑顔と共に、ためらいなく魁の手を掴んだ。

(なんて愛らしい子だ……ずっとそばに置いておきたい)

庇護欲と独占欲を掻き立てられ、ついそんなことを考える。

しかしもちろん、美織が人間である以上、このまま共にいるわけにいかないことは魁もわかっている。

美織を現世に帰した時、次に会うのは俺の花嫁として迎えに行く時だと、心に固く誓ったのだった。

そして、水鏡で現世での美織の様子を垣間見るたび胸が張り裂けそうになり、今すぐにでも自分のもとへ連れ帰りたいと憤ったが、今はまだその時ではないと必死に自分に言い聞かせた。

そうして十年後、美織と再会した瞬間、心の中で大切に育てていた愛おしさが大きく芽吹き、魁は美織への愛情を認識したのだ。

「これからは、俺の腕の中で幸せを覚え、心から笑ってほしい」

昔のことを思い出せば、さらに美織への愛が深まっていく。

ゆっくりとした足取りでようやく数寄屋に戻ると、魁は朱蛇と守り女に迎えられる。

ふたりには朱果の至宝の輝きは見えていないようだが、守り女は「頑張って見つけたのだね。私も安心したよ」と嬉しそうに美織へ話しかけ、目に涙を浮かべた。

朱蛇とまた会う約束をさせられてから、「ゆっくり休ませて、早く食べさせてあげなさい」という守り女の言葉に従うように、魁は帰路についたのだった。

そして翌朝。目覚めた美織は自室の天井をぼんやりと見つめ、魁に抱きかかえられた後の記憶がないことに気が付いて一気に覚醒する。

彼に迷惑をかけてしまっただろうかと焦りながら身を起こし、布団に重みを感じて何気なく視線を向けて、美織は思わず声をあげる。

「魁様」

布団の上で横になって眠っている魁へと美織は手を伸ばし、そっと頭を撫でるようにして触れる。

「魁様の腕の中はとても心地よくて、うっかり眠ってしまいました。部屋まで運ばせてしまい申し訳ございません」

「……そんなこと苦でもない。美織と我が子を誰かに任せるなんてしたくないからな」

ゆっくりと開いた魁の目が自分をしっかりと捉えたことで、美織は慌てて手を引っ込めて、頭を下げた。

「起こしてしまいましたよね。申し訳ございません」

「いや、気にするな。それより気分はどうだ？」

「平気です……多少、気だるくはありますけど」

心配をかけたくなくて美織はそう答えるものの、魁から疑うような眼差しを向けられ、少しばかり気まずそうに正直に体調を告げた。

そして、美織は朱果の林で思い出したことを、勇気を持って確認する。

「私の両親を殺めたのはあやかしだと聞いていました……でも、違いますよね？　あやかしじゃなく、人間……それも陰陽師」

陰陽師ならば、伯父と伯母が関わっていたとしても不思議ではなく、むしろその可能性の方が高いだろう。

確信めいた美織の眼差しを受け、魁はゆっくりと体を起こして、認めるように頷いた。

「その通りだ。だから本当は幼い美織を現世に、あいつらのもとに戻したくなかった。けれど、常世にはとどめておけないし、幼く力のないお前が見知らぬ土地でたったひとりで生きていくのも難しい。身を切られるほどつらい選択は初めてだった」

自分に鬼灯の簪をくれたあの時の魁の思いを想像すると、美織の心が切なさで苦しくなる。そして次の瞬間、美織は重大なことに気付いて顔を青ざめさせた。

（私、鬼灯の簪をちゃんと持ち帰ってきているよね？　なくすなんて絶対だめ）

朱果の林で、帯の中にしまったままでは覚えているが、今、美織は寝間着姿だ。不安いっぱいの顔で部屋を見回している美織に気付いて、魁は文机の方へと視線を送った。

「朱果の至宝と鬼灯の簪はそこに置いてある」

「よかった。ちゃんと輝いたままで。簪もありがとうございます」

文机の上にある朱果の至宝は、今も変わらず橙色の輝きを放ち続けている。

朱果の至宝の横には、美織の帯の中に入れてあった鬼灯の簪が並べ置かれていて、美織はホッと息をついた。

「美織にも輝いて見えるのだな。俺もそう見えるが、他のやつらには輝いて見えないらしく、普通のものとなんら変わらないと言っている」

「どうやらそのようです。朱果の守り女も、魁様のお母様が持ち帰られた時、自分にはただの朱果の実にしか見えなかったと言っていましたから」

妊婦しか見つけられないと主治医が言っていたが、魁には見えている。美織はもしかしたらと予想して、そっと自分のお腹に手を添えた。

「魁様の高い霊力の恩恵を受け、私は朱果の至宝を見つけることができたのかもしれません。魁様のおかげですね」

「見えるかどうかが霊力次第だったとしても、それを根気よく見つけ出し、最後まで諦めずに取りに行ったのは美織だ。ひとりでいた間になにがあったのかはわからないが、うっすら感じ取っていた美織の霊力の波から、色々あっただろうことは想像がつく。よく頑張ったな」

褒められ慣れていない美織は気恥ずかしそうに笑みを浮かべ、「ありがとうございます」と小声で返した。

「俺が触れた時は変化はなかったが、女中たちが触ろうとした時、輝きが消えそうになった。だから、決して触れるなと命じておいた。美織の頑張りを無駄にするわけにはいかないからな」

確かに、目が覚めた時に輝きが消えてしまっていたら、すぐに食べずに眠ってしまったことをひどく後悔しただろうと、美織は魁に感謝の気持ちを募らせた。

「早速、食べてみるか？　美織自ら皮をむく必要があるが」

「はい、食べたいです！」

魁が閉まっている戸に「おい」と呼びかけると、遠くから「ただいま参ります」とハルとアキの声が聞こえてきて、ほどなくして「失礼します」と声がかけられた。

戸を開けてすぐに美織が起きていることに気付いたハルとアキは、揃って笑顔になる。

「朱果の至宝を食べる。準備を頼む」

魁の求めに、ふたりは「かしこまりました！」と返事をし、すぐにその場から姿を消した。

美織もゆっくり立ち上がってから文机へと歩み寄り、朱果の至宝を手に取った。

その瞬間、橙色の輝きがわずかに強まったような気がして、美織の中に緊張が生まれる。

すぐにハルとアキが女中たちを連れて部屋に戻ってくる。ハルが果物包丁とお皿と爪楊枝、それから小さなまな板が載ったお膳台を布団の傍らに置くと、続けてアキがその前に座布団を敷く。

美織は朱果の至宝を両手で持って、みなの視線を一身に浴びながら、用意してくれた座布団に腰を下ろした。

慣れた手つきで皮をむいて、食べやすいようにひと口大の大きさに切り分けても、朱果の至宝は輝きを保ったままで、美織の緊張感も高まっていく。

魁やハルとアキ、そして息を呑んで自分を見つめている女中たちを見回してから、美織は瑞々《みずみず》しい果汁を滴らせている朱果の至宝を、ひと切れ口に運んだ。

女中たちの眼差しが「どうですか」と訴えかけてくるため、美織は咀嚼《そしゃく》しごくりと飲み下した後、みなの思いに応えるように感想を述べる。

「……美味しいです」

そのひと言で、女中たちが盛り上がり始めた。これで美織と赤子の霊力も安定し、出産の不安もなくなったと言わんばかりのその様子に、美織は少しばかり表情に戸惑いを滲ませる。

正直、味はこれまで食べてきた朱果の実となにも変わらず、いつも通り美味しいと思ったからそう言ったのだ。特別な効果が感じられたかといえばなにもなく、みんなとは逆に美織は少しばかり不安になっていく。

「うるさい。もう下がれ」

魁が呆れ顔で手を払うと、女中たちは「はーい」と返事をし、「次の往診時、主治医がどんな顔をするか楽しみだわ！」と興奮気味に言葉を交わしながら、楽しげな足取りで美織の部屋を出ていく。

お皿と爪楊枝の入った筒を美織の前に移動させてから、アキはお膳台を持って立ち上がり、ハルと一緒にニコニコ顔で廊下へ出た。揃って「失礼いたしました」と頭を下げた後、ハルが静かに戸を閉めた。

「味は普通のものと変わらなさそうだな」

ふたりきりになった途端、魁に指摘され、美織はばれていると苦笑いしながら彼へお皿を差し出す。

「魁様も召し上がりますか？」

「いや、帰り際に、守り女が美織ひとりで一個平らげた方がいいと言っていた」

「そうなんですね。わかりました」

言われた通りに、もうひとつ、ふたつと食べ進めるうちに、瑞々しい果汁が体の中で弾け、じわりと内臓に染み渡るような感覚を覚え、美織は目を大きく見開く。

初めてのことに驚いて思わず魁へと目を向けると、魁もどうしたのかと問いかけるような眼差しを返してきた。

黙ったまま見つめ合って数秒後、美織は再び目を瞠る。皿を畳の上に置くと、両手で自分のお腹に触れた。

「……今、動いたような感じがしました」

「そうか。赤子も元気そうでなによりだ」

ふたりは幸せそうに微笑み合って、柔らかな笑い声を響かせた。


朱果の至宝を食べて二週間後、自室の円窓から夕暮れの庭を眺めていた美織は、屋敷の門の方で狛犬たちが戯れ合って吠えるような声を耳にして、ハッとし視線を上げた。

美織は覚悟を決めるように唇を引き結んでから円窓を離れる。

朱果の至宝を食す前は常に敷かれていた布団も、数日前から日中は押し入れにしまえるようになった。

少しばかり広く感じられる部屋の中をまっすぐ突き進むようにして戸口に向かう。

ゆっくりと、しかし力強い足取りで廊下を進んでいくと、女中三人が前からやってきた。すれ違いざまに頭を下げられたため、美織もにこりと笑ってお辞儀を返す。

そのまま美織は玄関へ足を進めるが、後ろから女中たちのうっとりとした声が聞こえてきたため、思わず肩越しに振り返る。

「美織様に会うたび、見惚れてしまいます」

「霊力と可憐さに磨きがかかり、そこに艶やかさが加わるとさらに魁様の雰囲気に近くなって、鬼のあやかしの気高さまで身につけたと言っても過言ではないですよね」

「本当よね。魁様と美織様が並ぶと、そこだけ別次元の美しさ。これからが楽しみですねぇ」

女中たちからベタ褒めされ、美織は気恥ずかしさから頬を赤らめる。慌てて顔を前へと戻し、急ぎ足でその場を離れた。

朱果の至宝は効果抜群だった。霊力が安定したおかげで、毎食しっかり食べられるようになり、少し長めに散歩をしても平気なくらいに体力もついてきた。

母体がそうなると赤子の霊力も安定し始め、たびたび見舞われていた霊力の暴走もぐんと回数が減っていった。

そしてさっきの女中たちが言ったように、自身が認識していなかった別の変化にも徐々に気付かされることとなる。

前向きな気持ちになることも多くなったことで、内面的な変化を感じるようになったあたりから、色気がさらに増したと言われるようになったのだ。

朱果の至宝を食べた後に行われた往診では、主治医も終始「霊力が、申し分ないほどに素晴らしい」と喚き立て、先日やってきた時は顔を合わせるなり唖然とした様子で「すっかり鬼のあやかしになられましたね」と感想を述べた。

魁の子どもをお腹に宿した時も雰囲気が変わったと言われていたが、みなの驚きようはその時と比にならない。

それと同時に期待もしっかりと伝わってきて、少し前なら負担にも感じてしまっていたそれは今の美織には力となっていた。

そろそろ挑戦してみたいと告げる決意を持って美織は廊下の角を曲がり、玄関に帰宅したばかりの魁の姿を見つける。

「魁様、八雲様、お帰りなさいませ」

「ただいま、美織」

声をかけつつ歩み寄っていった美織を、魁はそっと自分の胸元へと抱き寄せる。

魁を出迎えていた女中たちは、寄り添うふたりをうっとりとした様子で見つめ、八雲は敬意を払うように美織に対して頭を下げた。

美織は息を吸い込んでから、魁に切り出す。

「……あの、魁様、帰宅早々で申し訳ないのですが、少しお話を聞いてもらいたくて」

滅多に自分から頼み事をしてこない美織からの申し出に、魁は少しばかり面食らった顔をする。

しかし、挑むように見つめてくる真剣な面持ちから彼女の望みをすぐに察し、こくりと頷き返した。

「わかった聞こう。ひとまず俺の部屋へ」

その言葉に従って美織も彼に続いて歩き出すが、八雲はそこで足を止めたまま再び軽く頭を下げて、ふたりを見送った。

美織の歩幅に合わせてのんびり歩きながらも、共になにも言葉を発しないまま魁の部屋に到着する。

囲炉裏のそばに敷かれた美織専用の座布団へ、魁はいつものように「座ってくれ」と求めるが、美織は立ったまま、最初の言葉を探しているような面持ちとなる。

「話とは？」

その様子を微笑ましげに見つめながら魁が促すと、美織は大きく息を吸い込んで魁へと体を向ける。

「おかげ様で、私は今、霊力も体力も充実しています。だから挑戦してみたいのです……御霊の洞穴に」

魁は予想通りだとばかりに御霊の洞穴と聞いても特段驚く様子も見せずに、冷静な声音で話しだす。

「御霊の洞穴に水鏡があるのは話したよな？」

「はい、聞きました」

「美織はまだ完全にあやかしとして生まれ変わったわけではない。そんな美織があそこで精神統一し霊力を高めようとすれば、現世と……あの女と繋がるのは避けられないだろう」

あの女とは瑠花のことだと察すれば、彼女が自分を滅したいと望んでいた話を思い出し、美織は渋い顔になる。

魁も顔を歪めて、忌々しげに言葉にする。

「下手をすれば、凄まじい執念で力をつけ始めているあの女と対峙《たいじ》してしまう可能性がある。わざわざ醜悪な輩《やから》に会いに行く必要などない。御霊の洞穴には行かなくてもよいと、俺は考えている」

美織は戸惑いの眼差しで魁をじっと見つめ返した後、大きく首を横に振った。

「……でも、今のままでは足りないのです。魁様の霊力を、よりしっかりと高めたい。それが、私だけに与えられた役目ですから」

告げられた思いを受け止めるように魁は瞳を伏せて、「役目か」と噛みしめながら繰り返す。そして美織の肩にそっと触れて、まっすぐに見つめながら真摯に告げた。

「確かに、霊力の相性がいい相手は美織以外存在しない。だからみなに期待され、美織には無理をさせてしまった。朱果の至宝を食べて美織の霊力が安定し、出産への負担が減った。俺はそれで十分だと思ってる。俺は自分の霊力を引き継いだ赤子を産ませるためではなく、美織をあやかしにしたいがために抱いたんだ。美織さえいてくれればそれでいい。たとえ赤子の霊力が弱くても、生まれてくる子は俺とお前の宝物だ」

役立たずだとがっかりさせて、魁に不要な存在だと見なされてしまえば、智里に自分の居場所を引き渡さないといけなくなると思っていた。

しかし、少しも揺らがず伝えられた言葉に、美織は確かな魁の愛を感じ、感動で胸を熱くさせて声を震わせる。

「宝物とまで思ってくださるのですね」

「ああ。お前たちほど大事なものはない。夫婦として、もちろん三人となっても変わらず、仲睦まじく寄り添い暮らしていこう。美織よ、愛している」

軽く抱きしめられ、美織は魁の腕の中で幸せを噛みしめる。

(私は子どもを産むための花嫁じゃない。魁様にこんなにも愛されて、花嫁として望んでもらっている。……魁様からは愛情をもらってばかりだ。私も私なりの愛をしっかり返したい――)

美織は魁の目を見つめて想いを伝える。

「私も心から魁様をお慕いしております……だからこそ、誰の言葉にも揺らぐことなく、魁様の妻は私だと胸を張って生きていくための誇りを得たいのです」

誰かに強制されてではなく、美織が自ら強く望んでそうしたいと思った。

頬を染めつつの美織の告白に、魁はわずかに目を見開きながらも、彼女の口から必死に紡がれる思いに耳を傾ける。

「優しさを知って、諦めないことを知って、愛も教えていただきました。私は笑みすら浮かべられなかったあの頃より強くなれたと思います。御霊の洞穴に入る許可をいただけますか？」

魁は少しばかり瞳を伏せつつも、懸念点を知った上でそれでも美織が望むならと、首を縦に振る。

「……わかった。許可しよう」

美織は魁の右手を両手で掴み、「ありがとうございます」と笑いかける。

自分に向けられた彼女の笑顔から力強さを感じて、魁は再び美織を自分の腕の中に閉じ込めた。

「あとはもう少し甘えることも覚えてくれ。もちろん相手は俺だけに限るが」

魁の胸元にもたれかかりながら、美織は思わず苦笑いを浮かべ、小さく「頑張ります」と返事をした。

その数時間後、早速美織は白装束に着替え、魁と共に御霊の洞穴へとやってきた。

今までは入り口の前に立っただけで恐れ慄き、気持ちが挫けそうになっていたというのに、今はわずかに緊張感がある程度で、比較的心穏やかでいられる。

横に並んで立っている魁からそっと手を繋がれて、美織は思わず顔を向ける。

覚悟はいいか？と問われた気持ちになり美織が力強く頷くと、どちらからともなく歩き出した。

洞穴の中に入ると、鬼火がいくつも現れてふたりの足元を照らす。

岩肌の壁から水が滴り落ちていく中、大小様々な砂利が転がる道を足音を響かせながら進んでいく。

しばらく行くと突然開けた場所に出て、美織の目の前に現世の神楽殿に似た朱色の建物が現れる。

「これは？」

「昔は舞うことで精神統一を図っていたらしいが、俺や八雲はあそこで坐禅《ざぜん》を組んで霊力を整えている」

「なるほど」と呟きながら、美織は舞台に上がるべく、舞台横にある階段へと向かっていく。

その途中で、神楽殿の横の岩場に大きな池があることに気が付いて足を止め、神楽殿や薄暗い周囲を見回す。

「池……ではなくて、もしかしてこれが水鏡ですか？」

「ああその通りだ」

鏡のようなものは他に見当たらず美織がそう尋ねると、魁はすぐに認める。

池に浮かぶ蓮《はす》の葉と共にゆらりと揺れた水面が仄暗《ほのぐら》い輝きを放ち、美織は思わず息を呑む。

やはり望まぬ再会は避けられないかもという予感を覚えながら、美織は大きな水鏡から視線を外し、階段へと再び歩き出した。

「俺はここにいるから」と言う魁に微笑みで応じてから、美織は舞台上へとのぼっていく。

想像よりも広く感じられる舞台の真ん中まで進んで、美織はぴたりと足を止めた。

神聖な空気に包まれながら大きく深呼吸して、少しばかり足を崩すようにしてその場に座る。

瞑想《めいそう》などもこれまで一度もやったことはなく、うまくいくのか不安もあったが、美織は魁に前もって言われていた通りに目を閉じて、深い呼吸を繰り返しながら体の力を抜いていく。

心が落ち着いていくのを感じれば、お腹の赤子が動いたような感覚を得て、美織は魁と子どもと三人での幸せな未来を思い描く。

明るい光に満ち溢れる中で寄り添う、生まれたての赤子を抱く自分と優しい面持ちの魁。

ほんのりとした温かさに心だけでなく体も包み込まれた感覚を覚えれば、霊力が頭の天辺から手や足の爪先まで行き渡っていく。

トクットクッと鼓動が響きだし、それに合わせて、体の中で小さくも力強い鼓動を感じ取る。

赤子の鼓動を心地よく思いながら意識を集中させていると、不意をつくように美織の体の中で霊力が高まり、一気に弾け広がるようにして熱が生まれる。それに冷たさも続いていくが、美織に今までのような苦痛はない。

霊力が安定することのすごさを実感していると、間近でぴしゃりと水が跳ねた音を耳にし、美織は思わず目を開ける。

いつの間にか、浅い水の上に座っていたことに気付いて慌てて周囲を見回し、唖然とする。

神楽殿の舞台にいたはずなのに、どういうわけか朱果の林の中にいて、必死に探しても魁の姿が見つけられずつい不安になる。

しかし、水鏡の仕業だという考えに至れば、これも自分への試練なのだと受け止めることができて、美織はその場に座したまま表情を引き締めた。

ぴしゃりぴしゃりと近づいてくる足音につられるように顔を向けると、木々の間からふたつの姿が現れた。

いち早く美織に気付き、瞳を憎しみでたぎらせたのは瑠花だ。もうひとりは伯父の淳一で、突然の再会に唖然としつつも、以前の美織と様子が違うのをすぐに察知したようで、適度な距離を保って足を止めた。

「お前があやかしにされたと瑠花から聞いていたが、本当だったとは。まったく、浅羽の名をどこまで汚すつもりだ」

これまでそうしてきたように淳一は語気を荒らげてぼやいたが、美織と目が合えば纏う霊力に圧倒され言葉を失う。

「されたのではありません。私が望んであやかしとなったのです。気付いていると思いますが、ここは常世です。あなたがたのいるべき場所ではありません。どうぞこのまま現世にお戻りください」

事実と違うところはしっかりと否定した後、美織はふたりにここを出ていくように要求する。

できるだけ心を乱さないようにするべく美織が息を吸い込むと同時に、瑠花が前へと一歩出た。

「嫌よ。やっと美織に会えたんだもの。あんたのせいで、私の人生めちゃくちゃだわ。

あのまま私は尚人さんと結婚して、誰よりも幸せになるはずだったのに、格下の男で我慢しなくちゃいけなくなったのよ。どうしてくれるの？」

瑠花は己の胸に手を当てて、当然の権利とばかりに声高に主張する。

「まずは私に謝ってちょうだい。十分謝った後で、私があなたの存在を消してあげる。それですべて許してあげるわ。私、うまく術が使えるようになったの、本当よ。実際、あやかしを何体も滅してやったわ。だから美織なんて簡単に消せる。苦しんで、のたうち回ってから、消えてちょうだい」

あやかしたちになんてことをと美織は顔を強張らせ、徐々に瑠花に対する怒りを膨らませていく。

瑠花には屈したくないと反発するような目を向ければ、瑠花も苛立ちを加速させる。

瑠花が手で印を結び、美織に向かって呪詛をかけ始めると、もやもやと瑠花の体から黒い影が滲み出てくる。

それは、前に御霊の洞穴の入り口で自分を捕らえた影とよく似ていて、美織は負けじと鋭く睨みつけた。

「触らないで！」

強く言い放った瞬間、美織の目が蛇のように変化し、勢いよく迫ってきていた影を大きく弾いた。

「あなたの言いなりにはもうならない。あなたが幸せじゃないのは、私のせいじゃない。あなたがこれまでに積み重ねてきた行いの結果が、目の前にあるだけ」

まったく術が通用しなかったことと、座ったまま呼吸も乱さず毅然と言い返してきた美織の様子に瑠花は呆然とする。

「それに謝るのは伯父様の方です。現世に帰ったら、すぐにお祖父様の家にある私の両親の仏壇に手を合わせて謝罪し、己の罪を悔い改めてください」

美織に厳しく言い放たれ、淳一は「なっ、なんの話だ」と言葉では突っぱねたが、その表情は明らかに動揺していた。

そんな父親の情けない態度にも、気高くすら感じられる美織の様子にも瑠花は不満を募らせ、一気に心を怒りで塗り潰していく。

「美織のくせに、生意気よ」

瑠花の放つ影が色濃くなると、伯父も加勢するように呪詛を唱え始め、影を生み出す。

ふたりぶんの呪いが大きな手となって襲いかかってきたことに、美織は怯んだ。

しかし、空間の歪みから現れた魁の気配に気付けば、すぐに冷静さを取り戻し、自分の隣にぴたりと寄り添い立った彼を見上げて口元を綻ばせた。

一方で、瑠花と淳一は、魁の登場と共に場に広がった殺気に恐れ慄き、唱えていた呪詛の言葉も途中で途切れた。

「滅するとは、本来こういうことだ」

魁が冷たく言い放ち、目に力を込めた瞬間、灼熱《しゃくねつ》の風が吹き荒れる。

苦しみ悶えるように影はうねりだし、最後は弾け散った。

「魁様はなんでもできるのですね」

鬼のあやかしとはみなそうなのか、それとも魁だからなのか。まだまだ彼に関して知らないことがたくさんあり、それをこれからひとつひとつ紐解《ひもと》いていけることを楽しみに思いながら、美織はぽつりと呟いた。

圧倒的な霊力を見せつけられた瑠花と淳一は、恐怖で震える足をゆっくり後退させていく。

魁は逃がさないとばかりに口を開いた。

「天川家は俺の代わりに怨霊を払わせていたのもあり、多少大目に見てやっているが、お前らはだめだ。しっかり懺悔《ざんげ》してもらう」

「……ざ、懺悔だと」

顔を真っ白にさせた淳一に対し、魁はにやりと笑みを浮かべた。

「ここは、お前が自分の犯した罪と向き合うのに最適な場所だな」

淳一と瑠花の前に、人形《ひとがた》の影がふたつ現れる。やがてそれらが立ち上がり、ふたりに向かってゆらゆらと進み出した。

「宏和。由里子」

美織にはただの影にしか見えなかったが、淳一が引きつった声で叫んだふたつの名前に大きく驚く。

思わず腰を浮かせるものの、やはり美織には黒く蠢く影でしかなく、半笑いでその光景を見つめている魁をちらりと見上げた。

瑠花と淳一は影から逃げようとするも、先回りするように影が現れるため、恐怖で混乱し始める。

「美織の両親はあやかしに食われて死んだはずでしょ！　まさか、美織と同じようにあやかしになっていたっていうの？」

「あやかしになどなるはずがない。俺がこの手でふたりの息の根を止めて葬《ほうむ》ったのだから。俺の方が宏和よりも優秀だと、浅羽家の次の当主に相応しいと証明してやったんだ！」

瑠花に責められ、淳一が真実を口にする。

そこで美織の脳裏に幼い時に目にした光景が再び蘇り、自分たちを追いつめた陰陽師のうちのひとりが、まさに伯父そのひとであったのを鮮やかに思い出す。

美織は苦しげに眉根を寄せ、涙をこらえるように口元を手で押さえた。

「お前らは地獄がお似合いだ」

魁は冷たく言い放つと、足元にいる美織へと手を伸ばし、ひょいと横抱きに持ち上げる。

「美織、役目とやらはもう十分果たせたはずだ。ここを出るぞ」

魁は優しく言葉をかけて、空間の歪みの中へと足を踏み入れた。

美織は眩《まばゆ》い光に襲われてぎゅっと目を瞑るが、やや間を置いてからゆっくり目を開けてみると、そこは先ほどいた神楽殿の舞台の上だった。

美織は魁の腕から下りると、居たたまれない様子で問いかける。

「あの影は、私の両親だったのですか? もしかして、天国に行ききれず、怨霊となってしまったのでしょうか」

姿は見えなかったため、どのような状態なのか美織には判断できない。

しかし、もしそうだとしたらなんとかしてあげたくて、美織は魁をじっと見つめた。

魁はゆるりと首を横に振って答える。

「いや、あれは俺がかけた呪いだ。あいつらにはそう見えているだけで、決して美織の両親が怨霊と化したわけじゃないから安心しろ。あの親子もそのうち現世に戻れるだろうが、それで終わりにはしない。今後は母親も含めて、犯した罪につきまとわれながら生きることとなる」

にやりと笑った魁に美織が目を大きく見開くと、逆に魁も問いかける。

「謝るなら許してやるか？」

美織は表情を強張らせた後、考えを巡らせるように俯く。そして、自分の気持ちを素直に告げた。

「……今の私には無理です。私は何度謝っても許してもらえませんでしたから」

自分の両親に手をかけた伯父、それを当然知っていただろう伯母、そして今さっきためらいもなく自分を滅しようとした瑠花にかける情けなどもう残っていない。

冷たい発言だと思われただろうかと美織は不安になるが、魁は大きく笑い飛ばした。

「いつか美織が許すという日がきたとしても、呪いは解かない。俺は絶対に許さないから。俺の大切な美織を虐げてきたのだから当然だろ？」

魁に同意を求められ、美織は苦笑いを浮かべる。

ふたりは互いの目を見つめたまま、ゆっくりと相手に向かって手を伸ばし、温もりを共有するようにしっかり抱きしめ合った。

その翌月、かねてより計画されていた祝言の宴が、夜が明けた瞬間から始まった。

とはいえ、現世のように神に愛を誓う儀式はなく、紋付袴姿の魁と、鮮やかな色打掛を身に纏った美織が屋敷の大広間であやかしたちを出迎え、賑やかにお喋りし、酒と料理を振る舞うのが主である。

明け方早々に朱蛇と守り女が共に姿を現し、祝福の言葉だけ述べると、すぐに立ち去っていった。

時間が進むにつれてあやかしたちの数も増え、さらに賑やかになっていく中、美織はハルとアキによって定期的に自分の部屋へ連れ戻されて、休憩を取りながら宴を楽しんでいた。

「わざわざ来てくださり、ありがとうございます」

「とんでもない。わたくしめが手がけた簪をつけていただいているところをぜひ拝見せねばと、喜んでやって参りました」

緊張気味に自分たちの前に現れた簪屋の主人に美織が頭を下げると、主人は恐縮したように両手を振る。そして、可愛らしく編み込まれた美織の髪に挿してある、純白の花と橙色の宝玉が組み合わさった簪に視線を向けて嬉しそうに顔を綻ばせた。

「それでは美織様、お預かりいたしますね」

改まった声でそう切り出して差し出された店主の両手に、美織はあらかじめ持ってきていた鬼灯の簪をそっと手渡した。

つい先日、美織は魁の部下を通して、鬼灯の簪の修理をお願いした。折りを見て美織が直接持っていくつもりだったのだが、間もなく祝言の宴が行われると知った店主が、自分が受け取りに伺いますと申し出たのだ。

「よろしくお願いいたします」

「次の宴に間に合うように、張り切って取りかからせていただきます……魁様、美織様、本日はおめでとうございます」

「ありがとう。ゆっくりしていってくれ」

魁の言葉に店主は頭を下げると、鬼灯の簪を大事そうに風呂敷で包み、静かにその場を辞した。

すると、あまり間を空けることなく、ふたりの前にひと組の男女が進み出てきた。年老いて見える気品ある男性のあやかしには見覚えがなかったが、その隣にいる女性には面識があり、思わず口元を引き結ぶ。

「そちらの優秀な部下たちに聞いた。魁殿、美織さん、うちの娘がすまなかった」

男性は魁の後ろで気配なく控えている八雲と、その肩に乗っている九尾の狐を見てから、丁寧に頭を下げた。そして横にいる娘、智里の頭をガシッと掴んで、同様の謝罪を促す。

「顔を上げてください！」

慌てて美織がふたりに声をかけると、男性は気まずそうに顔を上げる。

しかし、智里の表情からは不満な様子がうかがえて、魁が冷ややかな眼差しを向ける。

「智里が俺の花嫁になると目されていた、なんていう話を耳にしたが、俺はお前をそんな風に見たことはない。その気があったなら、とっくの昔にお前を嫁にと申し出ているはずだと、よく考えたらわかるだろうに」

指摘を受けた智里はぐっと声を詰まらせてから、諦めのため息をつく。

「……わかっていました。あなた様がまったく私を気にかけてくださらないから、悔しくてつい……ごめんなさい」

謝罪の言葉につい美織は反応し、平気だと言葉をかけようとするが、素早く魁に手で制される。

「言葉だけでなく、態度で示せ。今回は当主の顔に免じて見逃すが、また美織に余計なことを吹き込むなら、次はない。派閥間の諍《いさか》いを起こしたくなければ、肝に銘《めい》じておけ」

魁と父親からじろりと見られ、智里は「本当に申し訳ありませんでした」と美織に向かって深々と頭を下げたのだった。

智里とその父親が大広間から出ていくと、魁は半笑いで八雲を振り返り、問いかける。

「いつの間に話しに行っていたんだ」

「近くに偵察の用事があったので、ついでです。終始穏やかにお話しさせていただきました」

なんてことない様子でさらりと返答してきた八雲に、魁は「穏やかって本当か？」と苦笑いした。

八雲はそれ以上この話を続けるのが億劫《おっくう》なようで、強引に話を変える。

「それより、そろそろ時間じゃないですか？　町のみなは準備万端で、おふたりが出てくるのを待ち構えていると思います」

薄暗くなった庭へと顔を向けた魁が「ああそうだな」と呟いた。立ち上がった彼から手を差し出された美織も、その手を掴んで立ち上がる。

「なにがあるのですか？」

「行けばわかる」

魁と美織が歩き出すと、八雲はもちろんのこと、それに続く形で立ち上がるあやかしたちもちらほら見受けられた。

どこに行くのかわからないままに、美織は魁に手を引かれて屋敷を出て、林の中をゆっくり進んでいく。

そして、町に出た瞬間、目に飛び込んできた光景に美織は「わあ」と歓喜の声をあげた。

自分たちを待ち構えていたかのように、町のあやかしたちが道へと出てきていて、その手には紙と竹でできた色とりどりの天灯《てんとう》を持っていた。

「俺たちを祝おうと、みなで考えてくれたらしい」

「そうなのですか」

魁にこっそり教えてもらい、美織は歓喜で声を震わせる。

「魁様、美織様、おめでとうございます」

一斉に声がかかると、あやかしたちは持っていた天灯を夜空へと手放した。

熱の力で浮かび上がっていくその様子は、以前目にした紙提灯と同じように幻想的だ。

「こんなにも温かく祝ってもらえるなんて、嬉しい」

涙を溢れさせながら、素直な気持ちを言葉にすると、前の方から「美織様〜！　お幸せに〜！」と呼びかけられ、美織は声のした方向に向かって何度も頭を下げた。

「私、魁様と巡り会えて本当によかった」

改めて夜空を見上げて美織がぽつりと呟くと、繋いでいた魁の手が離れ、美織の肩を抱き寄せる。

「愛しい我が花嫁よ。もう二度と離しはしない。共に生きていこう」

自分にしか聞こえないくらいの声音で甘く囁きかけられ、美織は輝く涙をこぼしながら、幸せに満ちた笑みを浮かべる。

「私も、ずっと魁様のおそばにいると誓います」

美織が笑顔と共に宣言すると、魁はふっと柔らかく微笑んで、そっと口づけた。

交わす言葉も、見つめ合う眼差しも、重ね合う唇も――。

そのひとつひとつがふたりを結ぶ固い絆《きずな》となり、やがて生まれる命と共に、永遠の未来へと繋がっていく。

END

あとがき

こんにちは、真崎奈南と申します。

『冷酷な鬼は、ホオズキの花をこよなく愛でる』改めまして、『冷酷な鬼は身籠り花嫁を溺愛する』をお手に取ってくださり、本当にありがとうございます！

こちらの作品は、ノベマ！のサイトにて開催された第33回キャラクター短編小説コンテストでまさかの優秀賞をいただき、それを長編化したものとなります。

コンテストに向けて書き始めたのも微妙に遅く、途中で何度も諦めかけたのですが、どうしてもエントリーしたくて必死になって、締め切り前夜はもちろん徹夜で（そのまま仕事に行きました）、全力でぶつかった作品でした。

そんな感じなので、短編執筆時のことはあまり覚えていなかったりしますが、長編化に向けての執筆中は……めちゃくちゃ幸せな気持ちでいました。

普段から執筆は楽しく書いていることが多いのですが、和風の世界観が大好きなもので、そこにどっぷり浸かれることがもう幸せで幸せでたまりませんでした。

溢れんばかりの私の幸せな思いが、読者様に少しでも伝わったら良いなぁと願ってやみません。

長編化にあたって、元々あった短編を掘り下げ、その後のふたりの物語を追加しました。とっても読みやすくなったのはもちろんのこと、美織の成長、魁と美織の深まる絆など、短編で一度お読みになった方にも新たな物語として楽しめるような内容になったと思いますので、お付き合いくだされば嬉しいです！

表紙イラストをご担当いただいた、すがはら竜先生、美麗すぎるふたりをありがとうございました。担当いただけるとお名前をうかがった時点で嬉しくて飛び上がりました。

本書に携わってくださったすべての方々、ありがとうございます。

そしてなにより、サイトでお読みくださった読者様、こうして本書を手に取ってくださった皆様に、心より感謝申し上げます。

では、またなにかの作品でお目にかかれますように。

真崎奈南

この物語はフィクションです。実在の人物、団体等とは一切関係がありません。

真崎奈南先生へのファンレターのあて先
〒104-0031　東京都中央区京橋1-3-1　八重洲口大栄ビル7F
スターツ出版（株）書籍編集部 気付
真崎奈南先生

冷酷な鬼は身籠り花嫁を溺愛する

2023年9月28日　初版第1刷発行

著　者　　真崎奈南　

発行人　　菊地修一
デザイン　カバー　北國ヤヨイ（ucai）
　　　　　フォーマット　西村弘美
発行所　　スターツ出版株式会社
　　　　　〒104-0031
　　　　　東京都中央区京橋1-3-1　八重洲口大栄ビル7F
　　　　　出版マーケティンググループ　TEL 03-6202-0386
　　　　　（ご注文等に関するお問い合わせ）
　　　　　URL　https://starts-pub.jp/
印刷所　　大日本印刷株式会社

Printed in Japan

ISBN　978-4-8137-1484-2　C0193

スターツ出版文庫　好評発売中!!

『今宵、氷の龍は生贄乙女を愛す』　蛙田《かえるだ》アメコ・著

大正と昭和の間にあった、とある時代にふたりは出会った——。養子として義両親に虐げられ育った幸せを知らない少女・唐紅和泉。龍の血を引くことで孤独に暮らす滝ケ原虹月。ふたりは帝の計らいで引き合わされ、お互いの利害一致のため和泉はかりそめの許嫁として、虹月と暮らすことに。でも彼は龍の血にまつわる秘密を抱えていて…⁉「虹月さまを怖いと思ったことなど一度もありません」「正式に俺の花嫁になってくれるか？」生贄乙女となった少女が幸せを掴むまでのあやかし和風シンデレラ物語。

ISBN978-4-8137-1437-8／定価704円（本体640円+税10%）

『交換ウソ日記アンソロジー〜それぞれの１ページ〜』

付き合って十ヶ月、ずっと交換日記を続けている希美と瀬戸山。しかし、ある日突然、瀬戸山からのノートに「しばらく会えない」と記されていて——。その理由を聞くことが出来ない希美。瀬戸山も理由を聞かない希美に対して、意地を張って本当のことを言えなくなってしまう。ギクシャクした関係を変えたいけれど、ふたりにはそれぞれ隠さなければいけないある秘密があって…。そして、ついに瀬戸山から「もう交換日記をやめよう」と告げられた希美は——。「交換ウソ日記」の世界線で描かれる嘘から始まる短編、他四編を収録。

ISBN978-4-8137-1449-1／定価726円（本体660円+税10%）

『僕らに明日が来なくても、永遠の「好き」を全部きみに』　夏木《なつき》エル・著

高３の綾は、難病にかかっていて残り少ない命であることが発覚。綾は生きる目標を失いつつも、過去の出来事が原因で大好きだったバスケをやめ、いいかげんな毎日を過ごす幼なじみの光太のことが心配だった。自分のためではなく、光太の「明日」のために生きることに希望を見出した綾は…？　大切な人のために１秒でも捧げたい——。全力でお互いを想うふたりの気持ちに誰もが共感。感動の恋愛小説が待望の文庫化！

ISBN978-4-8137-1447-7／定価781円（本体710円+税10%）

『この涙に別れを告げて、きみと明日へ』　白川真琴《しらかわまこと》・著

高二の凪は事故の後遺症により、記憶が毎日リセットされる。凪はそんな自分が嫌だったが、同級生と名乗る潮はなぜかいつもそばにいてくれた。しかし、潮は「思いださなくていい記憶もある」と凪が過去を思い出すことだけには否定的で……。どうやら凪のために、何かを隠しているらしい。それなら、嫌な過去なんて思いださなくていいと諦めていた凪。しかし、毎日記憶を失う自分に優しく寄り添ってくれる潮と過ごすうちに、彼のためにも本当の過去（じぶん）を思い出して、前へ進もうとするが——。

ISBN978-4-8137-1451-4／定価682円（本体620円+税10%）

書店店頭にご希望の本がない場合は、書店にてご注文いただけます。